सुशीला सदन

स्त्री निर्मित घर

पराग डिमरी

Made with ♥ on the Notion Press Platform
www.notionpress.com

क्रम-सूची

शुरुआती संवाद

कला, लिखाई के क्षेत्र में कुछ नया, नवीन प्रस्तुत कर पाना नयी उमंगों, उत्साह का संचार जीवन में करता है,यहां भी अपनी सातवीं किताब "सुशीला सदन" कोअपने कंप्यूटर की हार्ड डिस्क, जेहन से बाहर लाकर, पाठकों के सामने प्रस्तुत करते हुए मनोस्थिति कुछ ऐसी ही है।

छठी पुस्तक प्रकाशित होने के बाद यह निर्णय लिया था कि अब अपने ब्लॉग में लिखकर ही पोस्ट किया जाता रहेगा। इस संकल्प के चलते ब्लॉग में एक सौ पचास के आसपास पोस्टें उपलब्ध भी हो गई हैं।

फिर इस कहानी ने जोर जबरदस्ती करनी शुरू कर दी कि हमें तो कागजों वाले संसार में ही जगह पानी है, डिजिटल वर्ल्ड वाली अनंत दुनिया में ही खुद को सीमित करके नहीं रखना है। इस अभिलाषा को पूर्ण करने पर जुटा तो यह भी अहसास होने लगा कि लिखाई कुछ किरदारों तक ही सीमित नहीं रहना चाहती। इसमें जगहों, छोटे छोटे किरदार, जिनको साइडकिक भी कहा जाता है, उनको भी इस ढंग से पेश करना है कि मिनटों, घंटों, दिनों , महीनों, वाली उपस्थिति के बावजूद, वे सभी भी याद, स्मरण रहें,पाठकों के द्वारा उनको याद करने से उन्हें लगातार हिचकियां आती रहें।

छोटी सी कहानी एक उपन्यास का रुप ले बैठी। इस लिखे में भी मेरे मित्र, संपर्क,उनके जीवन के कुछ प्रसंग, स्वयं का वर्तमान, भूत भी समाहित हो गया। लिखा हुआ काफी कुछ मेरे अपनों के जीवन से चोरी किया गया है, लिखा वो ही जो अपने आस पास वालों में देखा महसूस, अनुभव किया। *मैंने तो वो ही लिखा - जो कुछ दिखाया, महसूस कराया इर्द गिर्द वालों ने।*

संगीत, गीतों के प्रति अनुराग के कारण, काफी जगह प्रसंगों में गीतों के मुखड़े, या अंतरे शामिल हैं, उन शामिल गीतों के अंशों के शब्दार्थ, भावार्थ को, सतही तौर, या फिलर की शक्ल में ही ग्रहण न करते हुए, उन्हें ठहरकर, उनका लघु चिंतन भी करके, सुशीला सदन के पठन को जारी रखें। परिणाम स्वरूप ज्यादा गहराई से आनंदित, लिखे का बेहतरीन रसस्वादन भी कर पायेंगे।

इसलिए पाठकों से सविनय निवेदन रहेगा कि "सुशीला सदन" को बहाव, ठहराव, के मिश्रण के साथ पढ़ने से गुज़रें।

शामिल गीतों के अंशों के शब्दार्थ, भावार्थ को सतही तौर, या फिलर की शक्ल में ही ग्रहण न करते हुए, उन्हें ठहरकर, लघु चिंतन भी करके ही, सुशीला सदन के पठन को जारी रखें। परिणाम स्वरूप ज्यादा गहराई से आनंदित, लिखे का बेहतरीन रसस्वादन भी कर पायेंगे।

साहिर लुधियानवी ने धीरे के महत्व पर अपने एक गीत में क्या खूब लिखा है

झूला धनक का
***धीरे, धीरे** हम झूलें,*
अम्बर तो क्या है
तारों के भी लब छूलें
मस्ती में झूलें और सारे ग़म भूलें
पीछे ना देखें मुड़के निगाहें
आजा चल दें कहीं दूर...

अपने ब्लॉग का भी सम्मान करते हुए कुछ वहां की कहानियां भी "सुशीला सदन" के साथ सहयात्री के तौर पर मौजूद हैं।

निवेदन रहेगा अपनी प्रतिक्रिया जरूर साझा करें.....

व्हाट्सएप्प -7011492488
पुरानों तरीकों से भी स्नेह रखते हैं तो parag_dimri@yahoo.com.पर भी प्रेषित कर सकते हैं।

धन्यवाद, इस पुस्तक को अपने हाथों में ग्रहण करने के लिए।

1

एक मुठ्ठी आसमान

महकपुर की जयसिंह कालोनी के एक घर "सुशीला सदन" में पिता और बड़े बेटे के बीच, रविवार के दिन, दोपहर में भोजन उपरांत, एक तरह से एकपक्षीय, किंतु लंबी बातचीत चली।

बेटा यह ही बताने, कहने, सुनाने पिता को आया था कि यह घर, जहां वो लोग बरसों से रह रहे हैं, जिसका स्वामित्व पिता के नाम है, अब से उसका समझा जाना चाहिए। सरकारी कागजों में भी पिता को इस संबंध में उचित कानूनी औपचारिकताएं पूरी करके, तुरंत ही इसे अंजाम दे देना चाहिए।

बड़े बेटे का इस कहने के पीछे तर्क, आधार यह था कि वो शिक्षा और नौकरी पाने में पिता के लिए स्वावलंबी, मितव्ययी सिद्ध हुआ था। पिता को न तो उसकी शिक्षा, और न ही उसके नौकरी पाने में कुछ ज्यादा खर्चा, भागदौड़ करनी पड़ी थी।

इसके उलट छोटे भाई को प्राईवेट इंस्टीट्यूट से एम बी ए कराने, और फिर मजबूरी में उसके इंटरप्रेन्योर बनने, और वहां दो, दो असफल धंधे कराने मे भी पिता ने खूब पैसा बहाया, जिसमें भागीदारी, हिस्सा, दावा बड़े भाई का भी था।

उसके बाद छोटे भाई के दोनों धंधों में असफलता के चलते चली कोर्ट कचहरी,और फिर लेनदारों के साथ सैटलमेंट में पिता ने भारी खर्चा किया, शहर में अपने दूसरे प्लाट को भी बेच डाला, उन सबमें भी बड़े भाई की हिस्सेदारी,दावा था। बड़े भाई ने तीनों ही मामलों में पिता को कुछ भी, कैसा भी खर्चा करने से रोका, टोका नहीं, कुछ दस्तावेजों पर जहां उसे साइन करने थे, वहां

आंख मूंदकर साइन भी कर दिए। कारण यही था वो भी छोटे भाई की पढ़ाई लिखाई में तरक्की चाहता था। जब धंधे में ऊंच-नीच के चलते पैदा हुई दुश्वारियों के कारण छोटे भाई की जेल की सलाखों के पीछे जाने की नौबत आ गई थी, तब भी उसने पिता के द्वारा वो छोटे भाई को बचाने के लिए पैसा खर्च करने पर, कोई अंकुश जैसा लगाने की कोशिश नहीं की, अपनी तरफ से भी कुछ पिता को दिया, यह सोचकर ही कि जिस परिवार के घर के सामने कभी पुलिस की जीप तक नहीं रुकी, कोई पुलिस वाला घर के आसपास मंडराया तक नहीं, वहां पुलिस कैसे किसी घर के सदस्य को गिरफ्तार करने पहुंच जाती।

अब उस त्याग, बल्कि बहुवचन वाले तीन त्यागों की क्षतिपूर्ति, या मुआवजा, इस तरह से बड़े भाई के लिए आभार ज्ञापन के साथ किया जाना चाहिए कि- छोटे भाई का प्रापर्टी में कोई हिस्सा नहीं रहना चाहिए, और अब सब कुछ, बड़े भाई के नाम पर ही तुरंत फुरत में कर दिया जाना चाहिए।

अपने कहने के समर्थन में, एक और तर्क पेश करते हुए बेटे ने एक पर्चे में टेबल, और चार्ट बनाकर पिता को दिखाया कि प्रापर्टी उसके नाम हो जाने के बाद भी, आंकड़ों में तो वो नुकसान में ही रहेगा। प्लाट जब बेचा गया तो मार्केट में मंदी के चलते सेंटीमेंट्स डाउन थे, आज की पीक वैल्यू के हिसाब से 40% कीमत में प्लाट को बेच दिया गया, क्यूंकि परिवार को अपनी अस्मिता, सम्मान बचाने के लिए क्विक मनी चाहिए था, तो उस समय जो रेट मिला, उस पर कुछ निगोशिएट या बारगेन करने में टाइम कंज्यूम करना फेमिली अफोर्ड नहीं कर सकती थी, तो उस पहले आफर वाले रेट पर ही प्लाट को बेच डाला गया था।

पहले उसने कुछ नहीं कहा, चुपचाप पिता को अपनी मनमर्जी के मुताबिक खर्च करने दिया। अब उसके ऐवज में उसके बिल्कुल जायज चाहने पर, छोटे भाई और पिता की तरफ से कोई भी ऐतराज नहीं उठाया जाना चाहिए, और इसे कानूनी अंजाम देने में देरी भी नहीं की जानी चाहिए।

बड़ा बेटा अपना खुद का धंधा (स्टार्ट अप) शुरू करने जा रहा था, उसे बैंक से बिजनेस लोन लेने के लिए अपनी किसी प्रापर्टी

को गिरवी रखना था, इसलिए इस घर का उसके नाम हो जाना, उसके लिए बहुत बड़ी जरूरत बन चुका था।

ससुर या ससुराल पक्ष से यहां कोई हैल्प लेने के पक्ष में वो था नहीं।

घर पुश्तैनी नहीं था, बल्कि पिता ने अपनी कमाई से उसे अपना बनाया था, इसलिए पिता के पास कानूनी तौर पर भी अधिकार था कि वो इसे, जिसे चाहें, सौंप दे, उसके नाम कर दे।

बेटा इसे भी बड़ी विनम्रता के साथ कहता , दोहराता रहा कि ऐसा कर देने से पापा बाकी कुछ नहीं बदलना,पिता का उसके साथ रहना जारी रहेगा, और वो अपनी पेंशन से जितना मर्जी छोटे भाई को देते रहें, उसे इससे भी कोई दिक्कत नहीं । छोटा भाई भी,बड़े भाई के परिवार, पिता के साथ घर में रहने के लिए स्वतंत्र रहेगा, और घर का नाम भी "सुशीला सदन" ही रहेगा।

मुलाकात का समापन इस बात के साथ कि:- "पापा मुझे प्लीज़, आप ग़लत मत समझिएगा, प्लीज़ पापा।" फिर गर्दन पर हाथ रखकर, कुर्सी से उतरकर पापा के घुटनों पर हाथ रखकर,पांवों के पास वाली जमीन पर बैठ गया।

हिंदुस्तानियों में अंग्रेजी राज के चलते, हासिल "प्लीज़" शब्द को बहुत गहरा, असरदार ,मारक समझा जाता है, इतना कि कुछ भी उल्टा सीधा कर दे, बस प्लीज़ कहना है, और सब कुछ ठीक हो जाना, माफी मिल जानी है।यहां तक कि किसी का खून भी कर दे, तो जज से यूं भी दरखास्त करने लग जायेंगे:-"मीलार्ड, संसार की जनसंख्या इतनी ज्यादा हो चुकी है, एक नाट सो गुड को दुनिया से रुखसत कर भी दिया तो क्या, आप प्लीज इस एंगल से ही केस पर जजमेंट सुनाइएगा। कौरवों, पांडवों के बीच महाभारत का युद्ध भी नहीं होता, यदि युधिष्ठिर ने दुर्योधन से प्लीज़ करके हस्तिनापुर का राजपाट वापस मांगा होता।"

पिता को बड़ी औलाद की तरफ से ऐसा अंदेशा पहले से ही था, अंदेशा आज साक्षात होनी में बदल गया। अब बिल्कुल स्पष्ट हो चुका था कि घर, परिवार के मुखिया, उसे खून, पसीने की

कमाई से खड़ा करने वाले के नाम पर न रहकर, परिवार के एक स्वार्थी सदस्य के नाम होने जा रहा है।

एक बेटा अपने फर्ज से
जो पीछे हट गय
ऐसा लगा बाप को
एक हाथ उसका
आरी में आकर
कट, बंट गया

दो भाईयों में, जो एक ज्यादा योग्य, सफल होता है वो परिवार में हावी होने की कोशिश करता है। शादी से पहले तक तो यह भाव उतना उग्र नहीं रहता। मां बाप पर रही कभी पूर्ण, फिर आंशिक निर्भरता, उनकी संगत, छत्रछाया में परवरिश, शैशवास्था से लेकर जवानी तक का सफर का भी तय किया रहता है, तो परिवार के साथ समन्वय करने की भावना सक्रिय, जीवंत, और परिजनों के प्रति व्यवहार में मृदुलता, दिखावटी, असली या दोनों का मिश्रण बना रहता है। शादी के बाद, जहां पत्नी का प्रवेश उनके जीवन में हो जाता है, जो निज वादी, संकुचित सोच से पीड़ित हो, तो उसे भड़काने (उसके हिसाब से आंखें खुलवाने लगती है) लगती है कि उसका शोषण किया जाता रहा है, जिसका उसे इससे पहले अहसास तक नहीं हो पाया। आज जो उसने पा रखा है, वो उससे कहीं ज्यादा पाने के काबिल है। उसकी कंप्लीट तरक्की तभी हो पाएगी, जब वो फेमिली, फेमिली वालों से अलग रहेगा, खुद के कैरियर ग्राफ पर रेस में भागने वाले घोड़े की तरह फोकस रखेगा। उसका यह सब कहना, समझाना उन समय ज्यादा असरकारी हो जाता है,जब मर्द उस सुख को भोगना चाहता है, उससे ठीक पहले, या उसके बाद,जब उसका भोग ले चुका होता है, जो उसे समाज के नैतिक दायरों के फेर में, कानूनी, नैतिकता की कसौटी में, बगल में लेटे हुए से ही मिल सकता है।

उस वन टू वन,

माई वे, और हाई-वे, कम्युनिकेशन वाली पिता पुत्र मुलाकात के बाद, जहां पिता को कहा गया कि जल्द से जल्द संपत्ति का हस्तांतरण, अपने नाम से, बड़े बेटे के नाम कर दिया जाए।पिता गहन चिंतन में डूबा रहा, खूब सोच विचार करता रहा। आसपास वाली दुनिया से उखड़ा सा रहा, अक्सर कुछ करते हुए भी स्थिरता में आकर, अचानक से एक अलग ही संसार में चला जाता था। निचोड़, विचार मंथन का नतीजा यही निकला कि यदि बड़े बेटे की बात पर अमल न किया जाए,तो शर्तिया परिवार ने टूट, बिखर जाना है। बहू का एक भाई वकील भी है, जिसे महकपुर वाले लंपट वकील या नुकीली कील भी कहने से चूकते नहीं थे। उसके परिवार में माता पिता का प्रेम विवाह हुआ था, भाई और बहन ने भी लव मैरिज की थी, उसकी ही लव मैरिज नहीं थी, क्योंकि लव मैरिज के लिए दिल की मौजूदगी शरीर में चाहिए होती है। उसके पास दिल की जगह भी दिमाग ही था, और वो शायराना, आशिकाना नही, बल्कि बहुत शातिरपना उसके दिल या दिमाग के, हर एक कोने में भरा हुआ था। पैसे का महत्व उसके जीवन में सर्वोपरि था। पैसे चाहे कहीं से, अपनों से या परायों से, कहीं से भी आये, आने चाहिए। अपनी शादी में फोटोग्राफर के "चीज" बार बार कहने पर भी वो चेहरे पर मुस्कान नहीं ला पा रहा था। फिर फोटोग्राफर ने किसी के समझाने पर "मोटी फीस" कहा, तुरंत ही बड़ी सी कुटिल हंसी उसके चेहरे पर विराजमान हो गई।

उसे पिता ने, हालिया कई बार बेटे ,या जीजा के पास आते जाते भी देखा, और बेटा उसे बाहर गेट तक विदा करने भी आता था, और गेट पर भी ढेरों बातें हुआ करती थी, फिर दोनों मुस्कराते हुए एक दूसरे को टाटा, बाय- बाय किया करते थे। इससे पहले इस ढंग तरीके से अलविदा किया जाना साले का,जीजा के द्वारा नहीं किया जाता था। बल्कि जीजा यह ख्वाहिश जाहिर करता रहता था कि काश उसका साला (रिश्ता), किंतु असलियत में वाकई साला (अपशब्द), उसकी जिंदगी में नहीं होता तो शादी के बाद की लाइफ और ज्यादा बढ़िया रहती।

पिता इस परिस्थिति से अपने लिए परेशान नहीं था, किंतु छोटे के लिए हद से ज्यादा हो रखा था। पिता के जाने के पश्चात,

उसका साया उसके ऊपर से उठ जाने के पश्चात, वो घर वाली दुनिया, बाहर वाली दुनिया, दोनों का ही आसानी से शिकार बन सकता है।

कोर्ट कचहरी की लड़ाई लड़ने के योग्य तो बिल्कुल भी नहीं था। उसके पक्ष वाले सयाने वकीलों ने ही, उसे बड़े भाई के केस जीतने से पहले ही लूट लेना था। पिता की प्राथमिकता उसे इस दुनिया की चुनौतियों के लिए तैयार करना भी रहनी चाहिए, जिसे की उसने नजरअंदाज किया था, यहां पर उसके द्वारा ज्यादा माथापच्ची नहीं की गई थी।

वो इतना अच्छा था कि कलयुग में सतयुग का प्राणी भी लोग उसे परिहास में कह देते थे। दूसरा एक और मजाक उसके लिए कि हमारे विनोद भाई को *हलवाई हल्दीराम ने भी नौकरी से निकाल दिया क्योंकि वो जलेबी भी गोल टेढ़ी बनाने के बजाय, सीधी ही बनाने लगता था।*

इसके अलावा एक और बिलो दी बैल्ट किस्सा विनोद के लिए, लड़कों के क्लोज सर्किट ग्रुपों में खूब सुनाया जाता था। चमेली नाम की एक सुंदर,सुशील, सुसंस्कृत लड़की का हृदय विनोद पर मचलने लग गया था। बसंत ऋतु का प्रकोप उफान पर था, उसी दौरान एक ढलती हुई शाम को एक हरे भरे बाग में, विनोद से उसका मिलना हुआ। वहां आसपास दूर दूर तक कोई नहीं, आसमान में काले बादल छा रखे थे, ठंडी हवा चल रही, और मोरों के कूंकने की आवाज भी सुनाई दे रही थी। ऐसे वातावरण में चमेली का मन अनियंत्रित हो उठा, उसके वश में न रहा।उसने अपने शरीर से सारे वस्त्रों को पृथक कर दिया, आंखें बंद कर के, और हाथों को जोड़ कर बोली:-"विनोद आज इस चमेली का सब कुछ तुम्हें अर्पित है, इनके साथ जैसा तुम चाहो, वैसा कर सकते हो, और गुनगुनाने भी लगी :-दूरी ना रहे कोई आज इतने करीब आओ, मैं तुम में समां जाऊ, तुम मुझ में समां जाओ, साँसों की हरारत से तन्हाई पिघल जाये, जलते हुए होंठों का अरमान निकल जाये, चाहत की घटा बनकर तुम यूँ मुझ पे बरस जाओ, मैं तुम

में समां जाऊ, तुम मुझ में समां जाओ।

यह स्वैछिक प्रपोजल सुनकर विनोद ने उसकी धरती पर पड़ी हुई सलवार से नाड़ा निकाला, और चमेली को बहुत बड़ा वाला धन्यवाद देकर,वहां से उल्टे पांव वापस घर आ गया क्योंकि उसके एक पायजामे का नाड़ा कहीं गुम हो रखा था, काफी ढूंढने के बाद भी मिल नहीं रहा था, अब उस पायजामे को उसे नाड़ा युक्त जो करना था। नाड़े और इलास्टिक के इस्तेमाल पर हमारे प्यारे विनोद का यही मानना था कि नाड़ा बांधने से उसे, उसके द्वारा भी चीजों को नियंत्रित करने का अहसास मिलता है, नहीं तो दूसरे ही उसकी जिंदगी में सब कुछ कंट्रोल कर रहे हैं, ऐसा ही वो महसूस करता आया है। इलास्टिक से तो, उसने कुछ किया ही नहीं, उसे ऐसा ही लगना है।

चमेली किसी तरह से नाड़ा विहीन सलवार को सम्हालते हुए घर वापसी कर पाई, उसके बाद से उसके लिए एक कहावत में शब्दों का परिवर्तन हो गया "गधा क्या समझे, चमेली की महक।"

*सब कुछ सीखा हमने,न सीखी होशियारी, सच है दुनिया वालों, के हम हैं अनाड़ी,*और विनोद तो टाप नोच कैटेगरी का या सुपर अनाड़ी जैसा था।

दुनियादारी की समझ वाली किताब में वो कोरे पन्ने जैसा था, मौजूदा दौर के तौर-तरीकों में कुछ करने के लिए अनूकूल नहीं, बल्कि बिल्कुल ही अनफिट सा था।

जब उसने बिजनेस किया, तो एक के साथ, ऐसे एग्रीमेंट में उसके कहने पर कि सब कुछ वही है ,जो उसे बताया गया था, बिना एग्रीमेंट पढ़े ही साइन कर दिए थे। जब उसे इसके चलते आगे चलकर भारी दिक्कतों का सामना करना पड़ा, और बाप, उनके वकील ने भी ऐसा किए जाने पर उसे उलाहनें दी तो उसका जवाब यही था कि उसने अपनी मां की कसम खाते हुए कहा था कि जो उन दोनों के बीच बातें हुई थी, वो सब ही एग्रीमेंट में है, आखिरकार कोई कैसे अपनी मां की झूठी कसम खा सकता है।

आजकल की दुनिया के हिसाब से उसका कसूर यही था दुनिया के चंट चालाक, शातिर गुणों वाले लगभग सभी गुनाहगारों की सूची में, वो कसूरों, गुनाहों से दूर रहने के कारण, अपना नाम उनकी वाली दुनिया में शामिल करने में असफल रहता था।

एक रात को डेढ़ बजे के आसपास पिता नींद से उठ बैठे, सपने में उन्हें अपनी स्वर्गीय पत्नी सुशीला दिखाई दी,वो बिल्कुल वैसी ही थी, जैसे की बीमार पड़ने से पहले नजर आती थी। उसने उनसे यही कहा कि:- "आप परेशान क्यों हो रहे हैं, आपने हद से ज्यादा ही परिवार के लिए किया है। जिंदगी की शाम में, अब आप विनोद को भी संसार रुपी नदी में हाथ पांव झटकने के लिए छोड़ दीजिए। जिम्मेदारियों को निभाना ही उसे परिपक्व बनाएगा, जिंदगी के सिर्फ साल बढ़ने से ही,आदमी समझदार नहीं हो जाता। जब तक वो संघर्षों से दो चार नहीं हो जाता, तब तक उसने इस दुनिया के लायक नहीं बन जाना। विनोद को अब आप अपनी चिंताओं, सरंक्षण के दायरे से बाहर निकाल दीजिए, उसे वास्तविक, वर्तमान वाले जीवन के अनुभव से सरोकार कराने वाले स्कूल में प्रवेश करने दीजिए, वहां फीस बहुत ज्यादा है, और दिल को बार बार छलनी करना पड़ेगा, इस वाले स्कूल की फीस को भरने के लिए। मां के साथ साथ, अब पिता की निगाहबीनी, से भी उसे जुदा, दूर हो जाना चाहिए, मेरे भोले बाबा उसका भी कल्याण करेंगे।"

पिता को उसके बाद बाकी रात को नींद नहीं आई।पिता को इस समझ ने घेरना शुरू कर दिया कि:- पूत को वो क्या छोड़ कर जा रहे हैं, इससे भी कहीं ज्यादा जरुरी है कि पूत अपने लिए कुछ अर्जित करने के लायक बन सके, उसे इतना योग्य बना कर ही काम धंधे वाली सांसारिक दुनिया में छोड़ना वाजिब रहेगा। अब समय आ गया है कि पिता यहाँ कुछ तुरंत, ठोस धरातल पर भी करे, *चूंकि पूत सपूत तो, का धन संचय।*

नतीजा कुछ दिनों पश्चात एक और बातचीत उस परिवार में पिता पुत्र के मध्य संपन्न होने जा रही थी। परिवर्तन कुछ दिन पूर्व वाले की तुलना मे, यही था कि पिता से कुछ दिनों पहले बड़े बेटे ने बात की थी, और अब पिता छोटे बेटे से बात करने जा रहे थे, इसने भी एक पक्षीय साबित होना था, सिर्फ दोनों सिरों में ही बदलाव नजर आना था। आज पिता ने कहना था, बेटे ने सुनना था,

आजकल की रीत के बिल्कुल विपरीत जहां औलादें कहती, सुनाती हैं, और बाप को ख़ून का घूंट पीकर के, सब कुछ चुपचाप सुनना ही पड़ता है।

परबतों के पेड़ों पर शाम का बसेरा है
सुरमई उजाला है, चम्पई अँधेरा है

गोधूलि बेला में संध्या के छ बजे का समय, महकपुर की घंटाघर नामक जगह में एक टावर पर लगी बड़ी सी घड़ी के दोनों कांटे बिल्कुल सीधे खड़े दिखाई दे रहे थे।

दिन भर का कोलाहल थमने लगा था, सूर्य की रोशनी, दिन भर के परिश्रम के बाद अपना पराक्रम खोने की कगार पर थी, अपनी अंतिम किरणों को समेटकर क्षितिज के पीछे विश्राम के लिए बढ़ने लगी थी। समुद्र से मछली पकड़ कर तट की तरफ जा रहे मछुआरों को क्षितिज के बेहतरीन दर्शन देखने को मिल रहे थे। पक्षियों ने अपने घोंसलों की तरफ जाने के लिए तेजी वाली उड़ान भरनी शुरू कर दी थी । *आ अब लौट चलें, तुझको पुकारे देश तेरा,* लोग आफिस, बाजार के शोर, भाग दौड़ दिन भर की थकान के बाद तन, मन दोनों की विश्राम प्राप्ति के लिए घर की शांति की ओर जाने का ख्याल पालने लग गए थे, कुछ उस राह पर चलने भी लग गए थे। कुछ शाम को मस्तानी, मदहोश करने

वाली बता रहे थे,जिनको शाम मस्तानी लगने और मदहोश करने में विफल रही थी वो वाइन शॉप की लाइन मे खड़े होने लग गए थे।मंदिरों में घंटियो की मधुर आवाजें गूंजने लगी थी।गगन में तारे धुंधले से दिखाई दे रहे थे। स्ट्रीट लाइट जलने लगी थी , कुछ घरों में तुलसी के पास दिए जलाए जाने लगे थे।

जिस्म की मंडियों में पुरानी इमारतें रोशनी से गुलजार होने लगी थी।वहां खिड़की, दरवाजों पर भड़कीले मेकअप से सजा जिस्म, कुछ घंटों, या कुछ मिनटों में निवृत्त हो जाने वालों को बुलावा देने में लगा हुआ था ।

जबान और तन के इशारों, दोनों की गंदगी के द्वारा।

बुलावा न मानने वालों, या मांगी जा रही कीमत के लिए राजी नहीं होने वाले को भद्दी जबान में गटर से भी गंदी जबान में कहने लग जाती थी कि मर्द होता तो "न" नहीं कहता, उसके जैसे शिखंडियों को ही न कहना, सुहाता है। सरकारी तौर पर राष्ट्र पिता मोहनदास करमचंद गांधी के कथन की धज्जियां उड़ाते हुए कि "*ग्राहक हमारा देवता है ,ग्राहक हमारे परिसर में आने वाला सबसे महत्वपूर्ण व्यक्ति है, ग्राहक हम पर निर्भर नहीं है, बल्कि हम उस पर निर्भर हैं।*"

परछाइयां शरीर'से बड़ी नजर आने लगी थी। आसपास के एक घर से कहीं दूर जब दिन ढल जाए, शाम की दुल्हन, बदन चुराए, चुपके से आए, गीत की आवाज सुनाई पड़ रही थी।"

कमरे में पिता और बेटे ही मौजूद थे। घर में इस वक्त, उन दोनों के सिवा तीसरा कोई था नहीं। बड़े बेटे के आफिस के किसी कुलिग के यहां कोई सोशल गैदरिंग थी, वो अपनी वाइफ और बेटी के साथ,चमकते ,दमकते उस गैदरिंग में जाने के लिए निकल चुका था।पोती ने जाने से पहले दादाजी को खुशी खुशी बताया था कि दादू हम लोग आज महकपुर के सबसे बढ़िया होटल में जा रहे हैं।

आजकल दादा, पोती से घुलने-मिलने में ही कुछ प्रसन्नता को महसूस कर पाते थे, जिसने दुनिया की तथाकथित समझदारी को

अपने भीतर अभी अंगीकार नहीं किया था,नहीं तो उन्हें, जिंदगी एक अंधा कुआं ही महसूस होती चली आ रही थी।बड़े बेटे और उसकी निहायत पर्सनल फेमिली के घर से निकलते ही पिता ने अपने दूसरे, और छोटे बेटे के, मोबाइल पर फोन करके, उसे अपने कमरे में आने के लिए कह दिया था।

पिता बेड पर बैठा हुआ, कमर, पीठ को बैड के सिरहाने से सठी वाली दीवार पर टिका कर,बेटा उनके सामने बेड पर ही, पैरों की तरफ बैठा हुआ था। बेटे ने पैर दबाने का उपक्रम भी किया था, किंतु पिता ने उसे मना कर दिया, जिनका मन अक्सर आजकल उनसे कहने लगता था कि कोई उनका गला दबा ले तो *बेहतर।तेरी दुनिया में जीने से बेहतर हैं के मर जाए ,वो ही आँसू, वो ही आहें, वो ही ग़म हैं जिधर जाएं।*

कुछ देर तक पिता पुत्र के बीच सन्नाटा सा पसरा रहा, सिर्फ दीवार घड़ी की टिक टिक सुनाई दे रही थी। शांति को भंग किया पिता की साफ स्पष्ट और बुलंद सी हो उठी आवाज़ ने।

"विनोद, तुम्हें यहां से, इस घर से, परिवार से दूर अब चले ही जाना चाहिए।

सुशीला को घर, परिवार का साथ छोड़े हुए पच्चीस साल हो चुके हैं। उसके बिना भी जिंदगी बिताने या काटने ,का आदी हो चुका हूं।इन सबके साथ, इन सालों में मां -बाप दोनों की जिम्मेदारी निभाकर तुम लोगों को पाल पोस कर बड़ा किया। पाला, पोसा कैसा, किस तरह से, इसके अच्छे, बुरे किए जाने पर पर बहस की जा सकती, सवाल खड़े किए जा सकते हैं, लेकिन मुझसे यहां, जितना भी बढ़िया किया जा सकता था, मैंने ऐसी ही मंशा के साथ पूरी ईमानदारी के साथ ही इसे अंजाम दिया।

ईश्वर का आशीर्वाद की, मनीष का जाब भी अब ठीक ठाक हो गया है, लेकिन जैसा की आजकल होता है, लड़के शादी के बाद ज्यादा सफाई, चतुराई वाले जस्टीफिकेशन का साथ लेकर परिवार के लोगों की हिमाकत करने लगते हैं।अंफॉर्चयूनेटली हमारा मनीष भी इसी रीत पर चलने वालों में शामिल है। पहले इशारों में कहता था, अब साफ सुलझे शब्दों में सुनाने लग गया है। बास, बीवी

और बेटी, इन तीनों "बी" में ही उसका सारा ध्यान केंद्रित रहता है, इन तीनों "बी" के अलावा किसी और बी, बाप या भाई जैसे के, उसके लिए कोई मायने नहीं। तुम्हारी भाभी भी आजकल की जनरेशन से है, तो तुम्हें परेशान भी करती रहेगी, इस तरीके से कि, दुनिया वालों को लगेगा कि तुम्हारी भलाई के लिए ही,या तुम्हारी नाकामी के लिए बेचारी बहुत ही हल्के, नाजुक शब्दों में कह रही है।

नया जमाना ऐसा है कि शातिर, शातिर नजर आना नहीं चाहता, और अपनी कारस्तानियों को नम्रता का चोला, अपनों,दूसरों के लिए चिंतित रहने वाला, ऐसे वाले कई मुखौटे ओढ़ा कर, खुद को अनजान, निर्दोष, बेदाग, सतयुग के निवासी जैसा दिखलाता रहता है।

हमारी फेमिली में इस सबके उभरने के पीछे एक मुख्य कारण यह भी रहा है कि तुम अब तक असफल, नाकामयाब रहे हो।

मेरी सारी कोशिशों के बाद भी तुम आजकल की दुनिया के लिए अनाड़ी जैसे हो। पढ़ने, लिखने में होशियार हुए नहीं, दुनियादारी के काबिल भी नहीं बन पाए। न किताब वाली पढ़ाई में और न ही बिना किताबों वाली पढ़ाई में तुम कुछ सीख पाए।तुम्हें प्राईवेट कालेज से महंगी फीस भरके एम बी ए की डिग्री दिला दी। नौकरी में तुम सर्वाइव नहीं कर पाए। फिर दो बिजनेसों के लिए, मनीष की भारी आपत्तियों, विरोध के बावजूद अपनी तरफ से पैसे दिए, बैंकों से भी दिलवाए।

लेकिन जैसे तुम नौकरी कर नहीं सके, वैसे ही बिजनेस भी चला नहीं पाए। बिजनेस के लिए तुम्हारे द्वारा लिए बैंक के लोन, और बाकी लेनदारों का सैटलमेंट कराने में मेरे पसीने छूट गए। इतने हाथ लोगों के आगे जोड़े कि मेरी दोनों हथेलियां एक दूसरे से चिपकी रहने लगी। खैर भगवान की कृपा और भाटिया साहब का भला हो , उन्होंने मेरे द्वारा उनके अंडर में काम करने को, लंबे समय के बाद भी कृतज्ञता के भाव के साथ याद रखा हुआ था, और तुम जेल जाने से बच गए, और मैं आत्महत्या करने से बच गया।

यहां बहुत कुछ तुम्हारे इन सबके पीछे मेरा योगदान भी है, खैर इस घर को मैं अब, मनीष के नाम करने जा रहा हूं, तुम्हें पहले भी बताया ही था, और उस एग्रीमेंट, रजिस्ट्री में, कंफर्म पार्टी के रूप में तुम ही साइन करोगे।

मेरी पेंशन है, और कुछ सामाजिक, पारिवारिक दबाव के चलते भी, मुझे तो मनीष बर्दाश्त करता रहेगा, लेकिन तुम्हारे लिए अब यहां कोई गुंजाइश नहीं।

मैंने भी कुछ साल के बाद लाश बनकर यहां से चला ही जाना है, लेकिन तुम्हें तो यहां से जल्द से जल्द,निकल जाना चाहिए।"

"ये सब क्या कह रहे हैं , पापा आप?"

पापा ने जैसी उसकी बात सुनी ही नहीं , किसी ट्रांस की गिरफ्त में थे जैसे।

"तुम यहां महकपुर, जयसिंह कालोनी, इस घर से निकलो। किसी और जगह जाकर जीना शुरू करो। घर को छोड़कर ही, तुम जिंदगी में कुछ तो बन ही जाओगे, मुझे तो ऐसा कुछ ही समझ आने, इस पर विश्वास भी जगने लगा है। घर परिवार, जगह को छोड़ना ही, तुम्हारे, मेरे , हम दोनों के लिए मुनासिब रहेगा।

इतिहास भी यही दिखलाता है कि घर छोड़ने वाले, जीवन में औरों से ज्यादा आगे बढ़ पाते हैं। मारवाड़ियों ने राजस्थान छोड़ा, लंबे समय से इंडिया के बिजनेस में उन लोगों का अच्छा खासा दबदबा बना हुआ है।मुझे यकीन है कि तुम्हारे साथ भी, कुछ तो ऐसा होना ही चाहिए। दूसरों से भी आगे रहोगे, इस पर तो निश्चित नहीं हूँ, किंतु इस वर्तमान वाली जिंदगी से तो जरूर ही काफी आगे बढ़ जाओगे, ऐसा ही मुझे नजर आ रहा है।मैं शांति से मर सकूं, इसमें तुम कुछ कर रहे हो, इस देख लिए जाने का भी महत्वपूर्ण योगदान रहेगा। तुम्हारे हाथ में *एक मुट्ठी आसमान* ही मेरे लिए जीवन में सब कुछ मिल जाने से भी ज्यादा रहेगा।"

वो इतना सब कुछ सुनकर हतप्रभ सा हो गया था ।पापा को पहली बार, किसी मंजे, परिपक्व नेता, टीवी के किसी धार्मिक चैनल पर आने वाले बाबा की तरह, इतना बोलते हुए देखने का

अनुभव पा रहा था।

पापा को इतना ज्यादा, और इस अंदाज में बोलते हुए उसने शायद ही इससे पहले देखा, सुना था।

पापा ने फिर उसे देखते हुए कहा:- "औलाद को कभी कभी, बाप के कहे पर, बजाए सवाल पूछने, अपने तर्क पेश करने के , सिर्फ उसकी कही बातों का पालन करने में जोर-शोर से जुट जाना चाहिए। आजकल औलाद से ऐसी उम्मीद पालना, हथेली में सरसों उगाने के जैसा है, फिर भी मुझे तुमसे यहां शत प्रतिशत उम्मीद है।"

पापा ने इसके बाद बगल में रखी उसकी मां की तस्वीर को अपनी गोद में रखा, और आंखें बंद कर ली।

यह देखकर वो चुपचाप पापा के चरणस्पर्श करके उनके कमरे से बाहर आ गया, कमरे से बाहर आते ही उसे पापा के फूट फूटकर कर रोने की आवाज सुनाई दी। वो वापस पापा के कमरे में जाना चाहता था, मुड़ भी गया, लेकिन फिर रूक गया, और एक सौ अस्सी डिग्री घूम कर भारी कदमों के साथ अपने रुम की तरफ जाने लगा, जहां उसे फिर से एक और अंतहीन रात को गुजारने से गुजरना था।

मनुष्य का जीवन सिर्फ प्रसंगों का क्रम नहीं, बल्कि दैनिक जीवन व्यतीत करने से हासिल अनुभवों के माध्यम से स्वयं को, आसपास वालों को पहचानने की एक गहन प्रक्रिया से गुजरते रहना भी है। विनोद का भी जीवन की इस प्रक्रिया से जुड़ाव, जहां गुजरे लम्हों की विवेचना, एक बार नहीं बल्कि कई बार,और कुछ फल, ज्ञान की प्राप्ति भी, उसे इसके चलते अर्जित हो चुकी थी।

दुनिया में खून वाले रिश्ते भी अब नफे नूकसान की गणना पर ही जिंदा रहने गए हैं। खून वाले सस्ते, पानी (शराब), पैसे वाले महंगे, रिश्तों को ऐसे ही याद रखना, सम्हालना, ऐसा कुछ ही लोगों, समाज की मानसिकता, जीवन में घुलता जा रहा है।

विनोद को पिछले कुछ समय से, ज्यादा ही यह सब महसूस होने लगा था। उसके पास छत थी, कपड़े, भोजन भी था, मां बाप दोनों की जिम्मेदारी निभाने वाला पिता था।

मायने यही कि रोटी, कपड़ा और मकान, इसके अलावा पिता का आश्रय भी,

मां की धुंधली सी यादें थी, लेकिन गहरी बहुत थी।

फिर भी सूनापन, खोखलापन, सुबह -सुबह सी नहीं लगती, शामें सुरमई सी महसूस नहीं होती।रातों की नीरवता में उसे अशांति सी चुभने लगती। सुहानी, चांदनी रातों में भी वो निंद्रा देवी के गोद, आगोश में नहीं जा पाता था, मुख्य कारण उसके बड़े भाई मनीष, भाभी का रवैया, व्यवहार उसके प्रति।

मनीष उससे बहुत ज्यादा सफल जीवन में था, विवाहित का दर्जा भी पा चुका था,एक बच्ची का पिता भी हो चुका था। लोगों से मिलने पर अपना इंप्रेशन जमाना उसे बखूबी आता था। उसके एटीट्यूड के चलते उसकी फेमिली के पिता, भाई के साथ रहने के बावजूद, उसकी फैमिली को न्यूक्लियर फैमिली का दर्जा, व्यवहारिकता के आधार पर दिया जा सकता है।

न्यूक्लियर बम और न्युक्लियर फेमिली, दोनों ही दुनिया के अस्तित्व के लिए बड़े घातक हैं। एक इंसानों को तुरंत मार सकता है, दूसरा इंसानी भावनाओं को स्वार्थ के सागर में डुबोकर, और परहित ध्यान रखने वाली जीवन शैली को नष्ट करके, लेकिन ये सब धीरे-धीरे, कार्यप्रणाली दीमक की माफिक।

भय्या, भाभी की चालाकियों पर, जो उसे दरकिनार करने , छोटा महसूस कराने, उसकी नाकामयाबियों को शिद्दत से उसे महसूस कराने की कोशिशें बारंबार हुआ करती थी। विनोद को इन सबसे बड़ा ताज्जुब सा होता था। यहां हर नया अचरज पहले वाले अचरज से बड़ा, ज्यादा चौंकाने वाला होता था। उन लोगों के तरीके, अंदाज पर, जहां हमलावर हैं, किन्तु यह दिखाई नही पड़ता, इस पर एक शेर भी उसे याद आने लगता था

वो कत्ल तो करते हैं , बस हाथों में तलवार,खंजर लिए नहीं फिरते।

ऐसे प्रसंगों के चलते ही सुनने को मिलता रहता है कि:-दुनिया ओ दुनिया, तेरा जवाब नहीं! खासकर यदि दुनिया आसपास वालों की ऐसी हो तो , फिर दुनिया को गोल कहा जाना खत्म सा हो जाता है।

इन सबके दौरान आध्यात्मिक स्वामी प्रख्यातानंद का कहा हुआ, उसे बार बार सुनाई भी देने लगता –

भक्तों, बहुत ध्यान से ग्रहण करिएगा।कभी दुनिया इतनी सीधी साधी हुआ करती थी कि टीवी में रंगीन प्रसारण के शुरुआती दौर में कोई ब्लैक एंड व्हाइट गाना या पिक्चर, टीवी में दिखायी जाती थी,तो टीवी के स्क्रीन पर, उस समय के इकलौते चैनल दूरदर्शन को साथ में यह भी दिखाना पड़ता था कि पिक्चर या वीडियो ही ब्लैक एंड व्हाइट या श्वेत श्याम है, आपके टीवी में कोई खराबी नहीं आई है, अपने टीवी के साथ कोई छेड़छाड़ न करें,लेकिन भक्तजनों अब दुनिया ऐसी बन चुकी है कि नीयत से काले लोग भी नेकी की रंगीनी में डूबे हैं, ऐसे ही नजर आते हैं, लेकिन इसके साथ यह भी सुनिश्चित करते हैं कि कोई लाइन, विज्ञप्ति, उनके संदर्भ में नहीं कि ये जैसे उजले नजर आ रहे हैं, वैसे ये, हैं नहीं।

काला धंधा गोरे लोग

इस कलयुग की त्रासदी यही कि मुखौटे पहनने वालों के मुखौटे पहनने का पता ही नहीं चल रहा होता।

सत्य ये भी है कि दुनिया तो आदम हव्वा के वक्त से लेकर आजतक गोल ही है,लेकिन दुनिया वाले जरुर अटपटे, टेढ़े-मेढ़े, विकृत से होते जा रहे हैं।

2

पिता से, बड़े बेटे के नाम

कुछ दिनों बाद मनीष, विनोद और पापा महकपुर के "सब रजिस्ट्रार" आफिस में थे। अपनी बारी का इंतजार करते हुए मनीष का चेहरा खिला खिला सा था, वहीं पापा उदास, और विनोद हमेशा की तरह गुमशुम सा था। विनोद को प्रापर्टी से बेदखल किए जाने का कोई ज्यादा फर्क नहीं पड़ा था, किंतु पापा इससे परेशान थे, ये सब उसको बहुत कचोट रहा था।

गिफ्ट डीड के द्वारा प्रापर्टी बेटे के नाम कर दी गई।सब रजिस्ट्रार आफिस से बाहर आकर, उन लोगों ने अपनी हथेलियों में लगी स्याही को धोया।

मनीष का चेहरा दमक रहा था। खुशी के आलम में पापा के पांव भी छू लिए उसने। विनोद को भी कहा:- "देख ये सब कागजी कार्रवाई है, बाकी हम लोगों के बीच कुछ नहीं बदला। तूने आगे भी हमारे साथ ही रहना है। दोनों भाई मिलकर पापा की सेवा, पहले से भी ज्यादा करेंगे। मैंने भी खुद का बिजनेस स्टार्ट करने का सोच लिया है, बिजनेस प्लान भी फाइनल कर लिया है, जैसे ही इंवेस्टर से पैसा आ जाएगा, बिजनेस को शुरू कर दूंगा, और तेरे को भी उसका हिस्सा बनाऊंगा। मां के लिए भी जल्दी ही श्रीमद्भागवत का पाठ भी करवाया जायेगा। पापा आपकी बहू भी दिल की बुरी नहीं है। उसके पापा ने अपने भाईयों से बड़े धोखे खाए, इसके सदके भारी नुक्सान भी उठाया। इन सबको देखने से गुजरने के कारण,हमारी फेमिली में भी ऐसा ही होगा, यह ज्यादा ही वो सोचने लग गई थी, वन्स बिट्टऐन, टवाइस शाई।अब देख लेना उसके नेचर में भी चेंज आएगा, और वो बतलाने भी लगेगी कि मेरे मायके और ससुराल वालों में काफी अंतर है। इस रजिस्ट्री

के बारे में हमें अपने आसपास, रिश्तेदारी में किसी को बताना नहीं है।"

मनीष के ऐसा कहते हुए, बहुत विनम्र होने के बावजूद पापा का चेहरा लटका हुआ था, उन्हें लग रहा था कि छोटे बेटे के साथ उन्होंने अन्याय किया है।सुशीला ने उन्हें इसके लिए कभी क्षमा नहीं करना है।

मनीष शुरू से पढ़ने में ठीक था, स्मार्ट भी लोग उसे कहते थे। पापा सोचते यही थे कि रिटायरमेंट के बाद वो उनके जीवन को अच्छा, खुशहाल बनाए रखेगा ।

सोचा था जिसको, मरहम बनेगा, वो ही दर्द देने लगा,
रोपा जिसे फूल समझकर, वो ही शूल बनकर चुभन देने लगा।

वो बैंक से आने के बाद, छोटे में, उसे गोद में उठाकर, घर के बाहर या छत पर घूमने ले जाते थे, तो उसकी आंखों में उन्हें अपना सुंदर, सुनहरा भविष्य भी दिखाई देता था।

नैनों में थी प्यार की रोशनी, तेरी आँखों में ये दुनियादारी ना थी,
तू और था, तेरा दिल और था,तेरे मन में ये मीठी कटारी ना थी,
मैं जो दुःख पाऊँ तो क्या,आज पछताऊँ तो क्या,
मैंने जन्म तुझको दिया ,मैंने जन्म तुझको दिया

सुशीला के साथ छोड़ जाने के बाद, वो जिंदगी में बस जिम्मेदारियों को ही निभाते रहे, जिंदगी को जीना तो, उन्होंने न के बराबर ही किया था।

अब एक ऐसी चिता में तब्दील हो गए,जो सुलग तो रही है, किंतु उसका जलना किसी को नजर नहीं आ रहा होता।

सब को सम्हालने वाले को, खुद के सम्हालने वाले, नहीं मिल पाते।

रजिस्ट्री होने के चौथे दिन, रात को पिता ने मुश्किल से एक रोटी खाई। उसके बाद पोती से मिलने बेटे, बहू के बेडरूम में खट खट करके फिर अंदर प्रवेश कर गए। बहू इस तरह पहली बार पापा के रूम में आने पर चौंकी और सजग सी भी हो उठी।

वो खुद एक प्राईवेट कंपनी में पांच साल जाब कर चुकी थी, मां बन जाने, फिर बेटी के लालन-पालन के लिए उसे जाब छोड़ना पड़ा, किंतु कारपोरेट वर्ल्ड में, शिर्युडनेस (shrewdness) को स्मार्टनेस ठहराकर जस्टिफाई करना, थराइव (thrive), सर्वाइव करना, क्या क्या हथकंडे इन सबके लिए, उन सबसे से काफी हद तक परिचित थी।

मन में तुरंत ही यह सोचकर तैयारी करने लगी कि पापा विनोद के सपोर्ट में इमोशनल की चासनी में डुबोकर उससे कुछ बोलेंगे,तो उसने कैसे उस -कहे को सम्हालना है, इस तरह से कि सांप भी मर जाएं और लाठी भी न टूटे। उसका एक बास कहा भी करता था कि दुश्मन, कंपीटीटर से दुश्मनी इस तरह निभाओ कि उन्हें दुश्मनी निभाए जाने का पता भी न चले।

मनीष में उसने नोटिस किया था कि कभी कभी यह भी कहने लग जाता था कि छोटे भाई को दे ही देते हैं, या पापा ने, मम्मी की अब्सेंस के बावजूद हमारे लिए बहुत कुछ किया है। कभी रोने भी लग जाता था कि उस दोपहर को मैं गुसलखाने का दरवाजा भड़भड़ाए जा रहा था, किंतु मम्मी ने दरवाजा खोला नहीं।

घरवालों के प्रति ऐसी ममता वाली पैदावार को, पति के भीतर जन्म लेता देखकर, उसे अपने रूप, नशीली अदाएं, आजकल के लिए ये ही प्रैक्टिकल है,फ़िजीबल है। जितना किया जाना चाहिए, उससे ज्यादा कर चुके हो, ऐसी बातों वाली स्पीच देकर, अच्छा खाना बनाकर,या मंगवा कर, सोने से पहले बेड पर जाने से पहले भी ड्रेस, मेकअप, फ्रेगरेंस, लाईटिंग से माहौल बनाकर, आवाज में मादकता भरा पुट लाकर और भी बहुत कुछ करके, मनीष को अपने सुझाए वाले रास्ते का मुसाफिर बनाए रखने में कामयाब हो

जाती थी।बहू को स्क्रैच (शून्य) से शुरूआत करके, फिर कारपोरेट वर्ल्ड में बुलंदियों को छूने वाली एक बहुत सक्सेसफुल सीनियर फीमेल एक्जीक्यूटिव ने नशे की पिनक में ऐसा कारपोरेट ज्ञान भी दिया था कि दी वे टू ए मैंन हार्ट इज थ्रू हिज स्टमक, इटस नाट दी करैक्ट सेइंग, एक्चुअली इट इज मच बिलो दैट।

नारी यदि ठान ले, तो पुरुष को आसानी से भरमा सकती है, मंजिल से ठीक एक कदम पहले उसे यू टर्न लेने के लिए खुशी-खुशी मंजूर कर सकती है, क्योंकि उसे अचानक से समझ यही आने लगता है कि मंज़िल तो मेरी एक कदम आगे है ही नहीं

एक नामी-गिरामी रिंगमास्टर जो सर्कस के चार शो में अपने हाथ के हंटर के द्वारा शेरों को बहुत ही अनुशासित तरीके से कंट्रोल किया करता था कि दर्शक दांतों तले उंगली दबाने को मजबूर हो जाते थे।वो घर आने पर बीबी के सामने भीगी बिल्ली जैसा बन, उसके इशारों में नाचने लग जाता था, जबकि बीवी के न तो हाथ में ही कुछ और न ही शरीर में शेरों के माफिक, कपड़ों की एक चिन्दी भी रहती थी।

बहू, बेटे के बेडरूम में पापा ने पोती के के सर पर हाथ रखकर ढेर सारा आशीर्वाद दिया।सुशीला के थोड़े बहुत गहने, जो उनके पास थे, पोती को भविष्य में देने के लिए, बहू के हवाले कर दिए।

बहू से कहा कि पोती के साथ मेरी फोटो अपने मोबाइल से ले ले।फिर पोती को सुशीला की फोटो के पास ले जाकर बोले ये आपकी दादी की तस्वीर है,बेटा इस बात का हमेशा ध्यान रखना।

बहू से बोले कि बेटी मैंने कभी कुछ गलत बोल दिया हो तो इस बुड्ढे को माफी के काबिल समझना।

बहू भी इस सबसे आश्चर्य चकित हो उठी थी, कुछ देर पहले की उसकी मनोस्थिति में भारी परिवर्तन सा आ गया। दिमाग पर दिल हावी होने लगा तो दिल उसका कुछ पसीजने सा लगा। फादर इन लॉ के लिए अच्छी बातें उसके जेहन में हलचल, उछल-कूद

मचाने लगी।

बोली पापा आप की तबीयत ठीक तो है, मैं आपके लिए चाय बनाऊं।

उसने मनीष को फोन करके जल्दी घर आने के लिए कह दिया।पापा ने फिर से उसे आशीर्वाद दिया कहा बहू मैं बिल्कुल ठीक हूं, इसके बाद अपने कमरे में चले गए, बेड पर लेटकर छत की तरफ देखकर सोचने लग गए

वो दर्द है कि जिसे सह सकूँ न कह पाऊँ
मिलेगा चैन तो अब जान से गुज़र के मुझे
रहिए अब ऐसी जगह चल कर जहाँ कोई न हो
हम-सुख़न कोई न हो और हम-ज़बाँ कोई न हो
बे-दर-ओ-दीवार सा इक घर बनाया चाहिए
कोई हम-साया न हो और पासबाँ कोई न हो
पड़िए गर बीमार तो कोई न हो तीमारदार
और अगर मर जाइए तो नौहा-ख़्वाँ कोई न हो

3
शमशान घाट की ओर

सुबह सुशीला सदन में काफी लोग इकट्ठे हो चुके थे, जहां दूसरी मौत हुई थी। शंभुनाथ जी को सुबह जब चाय देने, काम वाली गई, तो शंभुनाथ जी को चाय पीने के लिए कई बार पिताजी चाय ठंडी हो रही है कहने पर भी, उसे कोई प्रतिक्रिया नहीं मिली। उसने फिर चिल्लाकर दीदी को बताया।मनीष ने एक जानकार डाक्टर को तुरंत आने के लिए कहा। डाक्टर ने "आई एम सारी" के बाद वही कहा, जो घर वाले सोचे बैठे थे। डाक्टर ने परिवार के एक परिचित से अपनी फीस झिझकने का अभिनय करते हुए ली, और कहा कि मेरी तरफ से कुछ सार्टिफिकेट जैसा चाहिए होगा,बता दीजियेग, जिससे फेमिली को क्लेम, इंश्योरेंस, फेमिली पेंशन पाने में दिक्कतें नहीं आए।

यह जीवन कितना अनिश्चित है...साँस कब थम जाए, समय कब बदल जाए,और कौन कब बिछड़ जाए,यह कोई नहीं जानता।

हमारे पीछे कोई आये ना आये, हमें तो वहां पहुचना है ही

अकेले सुलगा के खुद को मिटा ले अंधेरा,

हमारे अपनों की मुठ्ठी में ही रहे, आकाश सारा

विनोद भी भतीजी के संग रोए जा रहा था। पड़ोस से मंजू आकर विलाप कर रही थी पहले मेरी सहेली गई, आज शंभुनाथ जी भी।मंजू के पति मुकुलनाथ, और बेटी संगीता भी चुपचाप उदास खड़ी हो रखी थी। संगीता पहले विनोद के पास गयी, और फिर विनोद को सांत्वना देने लगी।

भाभी उनके आसपास मौजूद, उन्हें दिलासा, ढाढस बंधा रही औरतों को, बता रही थी कि कभी भी खाने में कुछ स्पेशल बनाने के लिए नहीं कहा, जो बनाया वो चुपचाप खा लेते थे। ना पसंद आने पर अक्सर खुद ही अपने लिए चाय, खाना भी बना लेते थे। कभी भी किसी चीज के लिए उसे डांटा, झिड़का तक नहीं। कभी अकेले बाहर जाने के लिए बताए जाने पर, बस यही कहते थे कि जाओ, बस मनीष, पोती को कोई दिक्कत न हो, या मुझे यहां कुछ करना, सम्हालना हो तो बेझिझक कह देना बेटी, *ही वज फार बैटर दैन माई रियल फादर।*

एक शख्स जिसने बहुत साधारण, चुपचाप सा जीवन जिया, गुमनामी में रहते हुए, आज उसे सब महान बताए जा रहे थे। शंभुनाथ जी की अंतिम यात्रा बस के अंतिम निवास तक पहुंचने के बाद, चार कंधों पर शुरू हुई।

हालांकि तुरबत दूर नहीं था
पहुंचा उनका जनाजा,
कांधा बदल बदलकर

महकपुर के मोक्ष धाम में विनोद ने वहां एक बोर्ड पर पढ़ा कि:- "मुझे यहां तक अपने कंधों पर लाने के लिए आप लोगों का बहुत बहुत धन्यवाद, आभार। अब इससे आगे की यात्रा मुझे एकल, अकेले ही करनी है, चल अकेला, चल अकेला, मेरा मेला पीछे छूटा, तो चलना अब मुझे अकेला ही है।"

विनोद पापा की चिता को जलते हुए देखता रहा, उसे लगा की आग की लपटों में कुछ यूं अपना दुख बयां कर रहे हैं।

बदनाम रहे बटमार मगर,
घर तो रखवालों ने लूटा
मेरी चांदनी सी रातों को,
नौ लाख सितारों ने लूटा

दो दिन के रैन बसेरे की,
हर चीज चुराई जाती है
दीपक तो अपना जलता है,
पर रात पराई होती है
गलियों से नैन चुरा लाए
तस्वीर किसी के मुखड़े की
रह गए खुले भर रात नयन,
दिल तो दिलदारों ने लूटा

तेंहरवी भी हो गई। सुशीला सदन में घर की दीवार में मां की तस्वीर के साथ, पापा की फोटो भी टांग दी गई।

मनीष और भाभी का उसके प्रति व्यवहार भी अच्छा हो चला था । विनोद को इसके बावजूद लगता कि सूनर और लेटर (sooner or later) पुराने माहौल ने फिर से जिंदा हो जाना है।

विनोद को कुछ दिनों पहले यह भी पता चला था कि सात लाख रुपए उसके अकाउंट में पापा के द्वारा ट्रांसफर किए गए थे। पापा यदि उसे अपनी पेंशन से उसे कुछ जेबखर्च नहीं दिया करते, तो उसे अपनी जिंदगी में और भी भारी दिक्कतों का सामना करना पड़ता।

उसके हालात को समझते हुए पापा उसे खुद ही पैसे दे दिया करते थे। महीने की शुरुआत में, बीच में भी, और महिने के आखिर में कहते थे मेरे कुछ पैसे अपने पास रख ले, बाद में मांग लूंगा।वापस मांगने वाले लम्हें कभी आते ही नहीं थे।

पिता औलादों के लिए कुदरत का बनाया हुआ बैंक, चौबीस घंटे उपलब्ध रहने वाला ऐ टी एम है

मृत्यु से पहले आख़िरी बार जब वो पापा से मिला तो पापा ने यह भी कहा कि विनोद कभी जिंदगी में कुछ जरुरत, दिक्कत आए तो रतनपुर के माधव विश्वकर्मा जी से जरूर बात करना,

उनसे मिलना भी ।

पापा बिना उसे कुछ करते हुए देखे बिना ही दुनिया से कूच कर गए थ, *विनोद को अब कुछ बनकर दिखाना था, और पापा के अंतिम आदेश के अनुसार इसके लिए उसका महकपुर, परिवार वालों से बाहर निकलना बेहतर रहेगा।*

शबनम-सा बचपन उतरा था,
तारों की गुमसुम गलियों में
थी प्रीति-रीति की समझ नहीं,
तो प्यार मिला था छलियों से
बचपन का सँग जब छूटा तो
नयनों से मिले सजल नयना
नादान नये दो नयनों को,
नित नये बजारों ने लूटा
मेरी दुल्हन-सी रातों को,
नौ लाख सितारों ने लूटा

लघु ठहराव

इस लिखाई के माध्यम से की जाने वाली यात्रा में एक हल्का,लघु सा ठहराव लेकर, जहां गर्दन को कुछ पीछे की तरफ घुमाना भी पड़ेगा, महकपुर, जयसिंह कालोनी और वहां साथ साथ बने दो घरो, घर वालों के बारे में जानने से गुजर लेते हैं ।

कई यादों के चेहरे हैं, कई किस्से पुराने हैं, तेरी सौ दास्तानें हैं, तेरे कितने फसाने हैं।

4

सुशीला सदन का अतीतावलोकन

महकपुर की जयसिंह नामक जगह, कभी मुहल्ला, अब कालोनी के नाम से जाने वाली लोकेशन में, शंभुनाथ जी का 200 गज पर बना हुआ दुमंजिला मकान।

महकपुर नाम सुनने में अजीब सा लगता है!महकपुर नाम इसलिए रखा गया था कि कभी ये जगह फूलों की खेती और मंडी, दोनों के लिए ही जानी जाती थी।

मोगरा, मोतिया, चमेली, मल्ली पुव्वू, जाती, मुल्ला, मल्लिगे, जूही, मोगरा, रजनीगंधा जैसे फूलों की खूशबुओ से यहां की जगहें महकती रहती थी। महकपुर वाले अकड़ में यूं भी बतियाते थे कि महकपुर में यदि कोई वायु विकार से पीड़ित है भी तो, उसके आसपास वालों को इसका पता नहीं चल सकता, बस जनाब ध्वनि नियंत्रण में माहिर होने चाहिए। इस गर्वोक्ति में फुंदा, आगे यूं कहते हुए लगाते थे कि यदि पवित्र धाम बद्रीनाथ के पास स्थित फूलों की घाटी नहीं जा पा रहे, तो मन को मत भारी करिए, महकपुर में आ जाइए, कमी पूरी हो जाएगी।

जयसिंह कालोनी को, एक ऐसे इंसान ने बसाया था, जो अपने को जयपुर को बसाने वाले महाराज जयसिंह का वंशज बताता था।उसके इस कहने पर लोग यकीन करें, कालोनी का नाम भी जयसिंह रखा था । वो किसी के उसके टेंट नुमा आफिस में आने पर आवाज लगाता था भाया को पाणी पिलाओ।बाद में लोगों को ये समझ आने लगा कि भय्या को भाया, और पानी को पाणी कहा जा रहा है।

कोई उससे पूछता था कि महाराज के वंशज, फिर ये सब क्यों, तो बताने लगता था कि टीपू सुल्तान वालों के पड़पोते तो हाथ से खींचें जाने वाले रिक्शे से दो जून की रोटी का जुगाड़ कर पा रहे हैं।

और तो और,जनाब राजस्थानी रंग बिरंगी पगड़ी या साफा पहने हुए ही लोगों को दिखाई देते थे। बिक्री के लिए कालोनी के बारे में जो पैंपलेट उसने छपवाए थे,उनमें यही छपा होता था कि "पधारो म्हारे देश"। खुद भी यही कहते, दोहराते रहते थे कि रंगीलो राजस्थान बनने जा रही है कालोनी , लेकिन यहां पानी, हरियाली, रंग बिरंगे, सदाबहार फूलों की कोई कमी नहीं।

सुबहें गुलाबी, शामें रंगीन।

प्लाट बेचते वक्त खरीदने वालों से ऐसा कुछ भी कहा जाता था घर बनाते समय जालीदार झरोखे, छतरियां और संगमरमर मकराना वाला ही लगाना।

सौ प्लाट बिक जाने पर महाराज जयसिंह के वंशज के द्वारा एक छोटा सा फंक्शन किया गया । जिसमें एक महिला, जो वंशज की लुगाई थी ।धणियाणी ने घूंघट भी काढ़ा हुआ था। घाघरा, चोली और ओढ़नी लुगाई ने पहनी हुई थी।कपड़ो में शीशे का काम, कढ़ाई का काम जबरदस्त किया हुआ नजर आ रहा था।

खाने में दाल बाटी चूरमा और घेवर भी था। सांस्कृतिक कार्यक्रम में सारंगी, ढोलक के साथ घूमर नृत्य भी प्रस्तुत किया गया।

जयसिंह कालोनी महकपुर की दूसरी जगहों के मुकाबले जल्दी आबाद हुई। बसावट की शुरुआती दिक्क़तें यहां भी लोगों ने काफी झेली।

कभी जयसिंह कालोनी, मेन शहर, खासकर, बस अड्डे, रेलवे स्टेशन से दूर समझी जाती थी। लोग भी ज्यादा नहीं बसे थे, तो कालोनी में ज्यादा चहल-पहल नहीं रहा करती थी। काफी सारे प्लाटो में मजदूर दिन में और रात में भी रहा करते थे। असंगठित मजदूरों और समाज के कुछ पा चुके वर्ग के बीच संघर्ष,

विभिन्नता की खाई रहती ही है, तो इस कारणवश कुछ विवाद भी हो जाते थे।लाल सलाम वाले भी जयसिंह कालोनी में पहुंच कर जुलूस,नारे लगाने लगा जाते थे।शाम को देशी या अंग्रेजी पीने का जुगाड़ पा कर, फिर वापस भी चले जाते।

कुछ चोरी की घटनाएं भी हुई तो लोगों ने बारी बारी से रातभर जागकर चौकीदारी भी की।

जयसिंह कालोनी के निवासी कोशिश यही करते थे कि जाड़ों में तो रात आठ बजे तक पहुंच जाएं, और महिला हो तो ज्यादा से ज्यादा छः बजे तक।

रात में तो बस अड्डे, रेलवे स्टेशन से यहां पहुंच पाना काफी मुश्किल हो जाता था। टैम्पो, रिक्शे वाले मुंह फाड़कर या अनाप-शनाप भाड़ा मांगते थे। इस पर सवाल करने पर यही कहते थे कि वापसी पर ऐसा होना भी संभव हो सकता है कि आपके द्वारा दिया गया किराया और दिन भर की हमारी खून पसीने की कमाई के पैसे भी लूट, छीन लिए जाएं।

जयसिंह कालोनी वालों के मेहमान सोचने लगते थे कि अपने शहर से महकपुर आने, और वापस जाने में होने वाला खर्चा, रात में इन टेम्पो, रिक्शे वालों के द्वारा मांगे जा रहे किराए से कहीं कम है ।

भाड़े के लिए सवारी के तैयार नहीं होने पर, रिक्शे, टैंपो वाले उसे रात स्टेशन या स्टैंड में गुजारने के लिए कहकर, सुबह अपने गंतव्य की तरफ जाने की सलाह भी मुस्कराते हुए देने लग जाते थे। तर्क यही था कि सवेरे उन लोगों को भाड़ा, उनके बजट के अनुसार ही, सुनने को मिलता।

आज भी यह चलन जारी है, बस अड्डे, रेलवे मैट्रो स्टेशन के बाहर, कुछ लोग, बीवी बच्चों के साथ काफी सामान के साथ,थकान, बेबसी चेहरे पर लिए इसलिए भी काफी देर तक स्टेशन के बाहर खड़े,या बैठे हुए दिखाई देते हैं, जो उनको उनके बजट, जेब के हिसाब से उन्हें उनके घर तक पहुंचा दे, ऐसा साधन, पब्लिक के लिए गाड़ी चलाने वाला, उन्हें मिल नहीं रहा

होता। इन नजारों को भी वो लोग देखते रहते हैं कि उनके साथ, बाद में भी, स्टेशन से बाहर आए, कई तुरंत ही किसी गाड़ी, टैक्सी में सवार होकर तुरंत ही हंसते, मुस्कराते हुए निकल गए थे। बच्च्चों को घर पहुंचने की जल्दी है , परेशान, सफर की थकान से चूर, रोते हुए बच्चों को पत्नी चुप, दिलासा, डांटती रहती है, लेकिन पति को जेब का भी ख्याल रखना है।

5

घर की तरफ की पदयात्रा

शंभुनाथ जी "सहायतार्थ कोऔपरिटिव बैंक" में कार्यरत थे। एक क्लायंट के साथ बैंक की तरफ से वो जगह देखने गए थे, जहां उसके द्वारा खरीदे गए प्लाट के लिए, बुकिंग के बाद की पेमेंट वो उनके बैंक से लोन लेकर करना चाह रहा था। विजिट के पश्चात शंभु नाथजी के मन में भी उस जगह में खुद का घर होने का ख्याल जाग उठा। शाम को घर वापसी में पत्नी सुशीला से भी इसका जिक्र किया। पत्नी ने बस यही, तुरंत कहा कि पैसे डूबेंगे तो नहीं, तो ले लो।अब सवाल था कि पैसों का इंतजाम कहां से हो पाएगा, कुछ तो बैंक से मिल जाएगा, बाकी में कुछ अपनी बचत से, फिर भी पैसा और तो चाहिए ही होगा।

पैसे का इंतजाम हो जाएगा, अपना घर ही अपना घर होता है, किराए वाला तो मकान मालिक का ही होता है। कभी आता है तो मकान को देखता है, बस यह जानने के लिए कि कहां कहां उसकी अमानत के साथ ख्यानत कर दी गई है, ये नहीं देखता कि छत से पानी छूता है, घर के दरवाजों की लकड़ी फूल गई है, गुसलखाने, शौचालय का दरवाजा बंद नहीं होता, कोई आउटसाइडर, घर वालों के वहां नहाते, शौच करते हुए, घुस सकता है।

इस तरह की बातें घर में ज्यादा गहराई के साथ होने लगी।

उसके बाद सुशीला की मायके वालों से चिठ्ठी पत्री बढ़ गई, पिता और भाई से उसे कुछ मदद का आश्वासन भी मिल गया।

बैंक की डयू डिलीजेंस रिपोर्ट से शंभुनाथ जी को तसल्ली हो गई कि प्लाट खरीदने में टाइटल इत्यादि का कोई घपला तो

नहीं। अपनी और पूरी तसल्ली के लिए शंभु नाथजी, सुशीला के साथ निजी तौर पर उस वकीलों की फर्म के पास भी गए, जिनकी फर्म ने बैंक के लिए प्रापर्टी के पेपरों की जांच पड़ताल की थी। जाने से पहले शंभुनाथ जी असमंजस में थे कि वहां जाना क्या सही रहेगा, वो हमसे मिलेंगे कि नहीं। सुशीला ने कहा चल पड़ते हैं, मिलने से मना करेंगे तो वो करेंगे, हम क्यों अपने आप को अभी से वहां जाने को मना कर रहे हैं।मना करेंगे तो लौट आएंगे, किंतु कम से कम ये तसल्ली तो रहेगी कि जो कर सकते थे, उस करने में कहीं भी चूके नहीं।

फर्म के पार्टनर राम नारायण सक्सेना जी घर के पास वाले मंदिर में पूजा-अर्चना करने के बाद घर में घुसे ही थे, भक्ति भाव में अपने होंठों में इस दोहे को सजा रखा था।

श्री रामचन्द्र कृपालु भजुमन
हरण भवभय दारुणं
नव कंज लोचन कंज मुख
कर कंज पद कंजारुणं

जैसे ही यहाँ थोड़ा विराम लिया कि एक दंपति के द्वारा उनका इंतजार करने के संबंध में, सूचना उन्हें दी गई।

सक्सेना जी को आंखें खोलने के बाद से बाप, दादा से एक सीख घुट्टी की तरह, लगातार पिलाई गई थी कि हम लोग चित्रगुप्त जी के वंशज हैं, हम लोग भाई दूज के दिन स्याही दवात की पूजा करते हैं, आय व्यय और हानि की सही जानकारी होना हमारी सांस्कृतिक विरासत का हिस्सा है।

इसलिए कभी मुफ्त में, दोस्तों, रिश्तेदारों को सलाह तो दूर की बात है, बुखार तक भी नहीं देना चाहिए।

ऐसी परिस्थिति, मुफ्त में किसी के कुछ मांग लिए जाने पर, मांगने वाले से यही कहना कि कुछ भी चाहिए तो आफिस में आए, कुछ रियायत संभव हो पाई, तो जरुर दे दी जाएगी।

उनके दादा जी के बारे मे एक किस्सा भी, महकपुर में गूंजा करता था। हुआ यूं कि दादाजी ईवनिंग वाक पर निकले थे, हैट, ओवरकोट और स्टिक हाथ में लेकर।

किसी अनपढ़ बुढ़िया ने, हुलिया के आधार पर उन्हें पढ़ा लिखा, और जहीन शख्स भी समझ कर, रास्ते में रोककर पूछा कि बेटा यह नोट मुझे रास्ते में मिला है, जरा बताना कि एक रुपए वाला है, या दो रूपए वाला है।

दादाजी ने नोट को अपने हाथ में लेकर बताया कि दो रुपए का है, उसके बाद दो रुपए को अपनी जेब में कैद कर लिया, और बुढ़िया को बटुए से एक रुपये अस्सी पैसे वापस करके कहा कि बीस पैसे मैंने नोट के बारे में बताने की, अपनी फीस के तौर पर काट लिए हैं। बुढ़िया ने दादाजी को बहुत उल्टा सीधा सुनाया, लेकिन दादाजी ने बीस पैसे वापस नहीं किए। यही कहते रहे कि अम्मा चाहे तो थाने, कचहरी जा सकती हैं, मैंने तो इस फीस, बीस पैसे को, अपनी फर्म की इनकम टैक्स की रिटर्न में भी दिखलाना है।

इस घटना के पता चलने के बाद लोगों ने उनके कुनबे से टाइम पूछना, रास्ता पूछना, यहां तक की उनसे मिलने पर उनसे कुशल प्रेम पूछने से भी परहेज़ रखना शुरू कर दिया।

ज़िन्दगी की हर घटना में जोक की संभावना ढूँढने वालों ने यहाँ भी एक चुटकले का सृजन कर दिया था कि इनके परिवार में संतान तभी जन्म ले पाती है, जब पत्नी पति से संतान मांगना शुरू करती है, नहीं तो बिना खर्चे, सावधानी के परिवार नियोजन जारी रहता है।

उस सुबह ईश्वर के द्वार से आने का प्रभाव समझिए, सक्सेना जी अपने बुजुर्गों की सिखाई गई सीख को कुछ पलों के लिए विस्मृत कर बैठे।

सक्सेना जी दोनों के, उनके घर कम आफिस में बिना अप्वाइंटमेंट लिए उनसे मिलने आने के पीछे का कारण जानने पर भरपूर आश्चर्यचकित हो उठे।सक्सेना साहब का घर या, जिसे बंगला कहना ज्यादा उचित या न्यायसंगत रहता, पुश्तैनी था। दिल्ली, बंबई में भी उनके पुश्तैनी घर थे, तो घर के पाने के लिए किए गए इस तरह के प्रयासों, भावनात्मक जुड़ाव के इस तरह के अनुभव को, महसूस करने से वंचित रहे थे।

साधारण से नजर आ रहे दंपति को उन्हें यह कहलवाना उचित नहीं लगा कि जो भी उन्हें काम है, उसके लिए उन्हें आफिस में आना चाहिए।

उन्होंने दोनों को अपने सामने बैठने के लिए कहा। उनके इसके लिए दोबारा कहने पर दोनों असहज होते हुए बैठ ही गए।

उनके लिए चाय, लघु जलपान लाने के लिए भी स्टाफ को कह दिया गया था।

चाय जिस तरह की गोल्ड प्लेटेड क्राकरी में आई, दोनों को उन्हें हाथ में लेने मे झिझक हो रही थी। सक्सेना जी ने इस बात को समझ कर अपने कप से चाय प्लेट में डालकर, सुड़ुप, सुड़ुप करते हुए चाय पीना शुरू कर दिया, और दोनों से कहा कि जैसे मर्जी, वो लोग चाहे, चाय को पी सकते हैं।चाय सुड़प सुड़प की आवाज के साथ दोनों तरफ पी ली गई, शंभुनाथ ने अपने बारे में कुछ बता भी दिया।

दोनों मियां बीवी ने सक्सेना जी से हाथ जोड़कर कहा कि यदि जयसिंह कालोनी में ये वाला प्लाट हम लोग ले लें तो कोई दिक्कत की बात तो नहीं, क्योंकि वहां खरीदने के लिए हमें अपनी जिंदगी भर की कमाई, आज की और आने वाली भी, सारी ही खपानी पड़ जाएगी। आजकल गलत प्लाट बेचने, खरीदने की खबरें सुनने में आती ही रहती हैं।

ये सुनकर सक्सेना जी कुछ देर सोचते रहे, अपने भीतर उमड़े, विचारों के तूफान से उलझते हुए, फिर खड़े हो गए, शंभुनाथ और सुशीला भी उन्हें देखकर हाथ जोड़कर खड़े हो गए।

सक्सेनाजी ने दोनों के कुछ पास आकर शंभु नाथ के कंधे पर हाथ रखकर कह दिया प्रभु श्रीराम की सौगंध, यदि तुम लोगों के पास प्लाट की कीमत के लिए पैसों का इंतजाम है तो आंख मूंद कर खरीद लो। यहां भूमि के स्वामित्व, टाईटल में कोई घपलेबाजी की संभावना नहीं, लेकिन मैंने ऐसा तुम लोगों को कहा है किसी से भी इसका जिक्र, भूल कर भी मत करना।

दोनों पति-पत्नी को सक्सेना जी के इस दरियादिली वाले व्यवहार, उपकार से, जिंदगी का एक बड़ा निर्णय ले सकने में बड़ा हौंसला मिला।

बैंक के एम्पलाई होने के चलते कम चुभने वाले लोन को पाने की पात्रता, और कुछ दोस्तों, रिश्तेदारों (अपने और पत्नी दोनों के) से भी उधार लेकर, या आगे उधार मिल जायेगा, अगले दिन दोनों मियां बीवी ने महकपुर की जयसिंह कालोनी में जमीन का टुकड़ा या प्लाट बुक कर लिया। उस बुकिंग की रसीद को सुशीला ने अपनी पूजा वाली जगह में भोलेनाथ के चरणों में रख दिया। भगवान विश्वकर्मा की पूजा भी शुरू कर दी।

अपने, परिवार के खर्चों को सीमित से, और सीमित कर दिया। रोज यह ध्यान किया करते थे कि हमें किश्तें फलानी तारीखों को चुकानी ही हैं, और उसके लिए हमारे पास पैसों का इंतजाम कैसा है।

न ख़ुदा की,
न उसकी ख़ुदाई की,
फ़िक्र हमको है तो
बस ई एम आई की

ठेकेदार, एक ड्राफ्ट्समैन, जो खुद को आर्किटेक्ट बताता था, उन सभी से मिलने के दौरान,सुशीला शंभु नाथ के साथ में रही,

दो पंछी, दो तिनकें,
कहो ले के चले हैं कहाँ
ये बनायेंगे एक आशियाँ

भूमि पूजन भी किया गया, पहली कुदाल सुशीला ने चलाई ।जिसको काम का ठेका दिया गया, उस ठेकेदार को भी सुशीला ने राखी भाई बना लिया। सुशीला भी रोज प्लाट पर चल रहे काम को देखने के लिए दोपहर बाद वहां पहुंच जाती थी। ठेकेदार ने भी यह सब नोटिस करके राखी बहन के काम पर ज्यादा ध्यान देना शुरू कर दिया, अपनी लेबर से कहता:- "सालों, मेरी बहन का घर बन रहा है यहां, इसलिए काम में कोई शिकायत नहीं रहनी चाहिए।

खरीदी गई जमीन पर दोनों के सपनों का आशियाना छोटा, सा घर बनकर तैयार हो गया।

6

अपना घर

जब घर में घुसे, तो उनका प्रवेश "सपूर्व" (सनातनी परंपराओं में नये भवन,घर में पहली बार प्रवेश करना) के स्वरुप में था। जिन्होंने परिवार को उधार दिया या मदद की थी उनको, और कुछ नजदीकी रिश्तेदारों, ठेकेदार के सारे परिवार, को ही गृह प्रवेश के कार्यक्रम मे बुलाया गया। दोनों इससे पहले, सक्सेना जी के घर कम आफिस भी गए, उन्हें भी आमंत्रित करने के लिए। सक्सेना जी मिले नहीं, उनके सैक्रेटरी को उन्होंने अपना निमंत्रण,तारीख,समय और पता भी बहुत ध्यान के साथ लिखवा दिया। जाते जाते सुशीला ने सैक्रेटरी को कहा कि भाईसाहब हमारा न्योता सक्सेना साहब तक जरूर पहुंचा दीजिएगा, वो आना चाहें, न आना चाहें, ये उनका अधिकार है, लेकिन हमारा न्योता उन तक नहीं पहुंच पाता, तो इसे हम अपना दुर्भाग्य समझेंगे।

कार्यक्रम के खर्चों पर भी नजर रखी गई तो चादरों से ही शामियाना बना दिया गया था।

मुख्य दरवाजे पर आम के पेड़ के पत्तों के बंदनवार लगाए गए , कुमकुम से उस पर स्वास्तिक का चिन्ह बनाया गया ।मुख्य द्वार की पूजा भी की गई, वास्तु पूजा नवगृह शांति पूजा, और हवन भी किया गया। सुशीला ने क्लश हाथ में लेकर, फिर शंभुनाथ जी के साथ पहले दांये पांव को घर में प्रवेश कराया। पंडितजी ने चारों दिशाओं में,घर के हर कमरे , कोने में, गोमुख से लाया गंगाजल छिड़का। रसोई में सबसे पहले खीर बनाई गई।

सारे कार्यक्रमों का निष्पादन करने, मेहमानों के चले जाने के पश्चात देर शाम को जब दोनों अपने घर के बरामदे में मोड़े पर

बैठे हुए थे। आसपास बिल्कुल अंधेरा, शांति सी व्याप्त थी।

तभी एक बड़ी सी काले रंग की कार उनके घर के सामने आकर रुकी। कार की हैडलाइट इतनी तेज थी कि कुछ देर के लिए पति पत्नी की आंखें चुंधिया गईं। फिर सफेद वर्दी, और सफेद रंग की ही टोपी पहने ड्राइवर ने गाड़ी से बाहर आकर,पीछे वाली पैसेंजर सीट की तरफ के दरवाजे खोले, फिर एक सूट पहने और उनके साथ एक महंगी साड़ी पहने , जवाहरातों से सजी एक महिला भी गाड़ी से बाहर निकलती नजर आई। सुशीला ने तुरंत पहचाना,ये तो सक्सेना वकील साहब हैं। पति-पत्नी दोनों तेजी से बाहर आए, हाथ जोड़कर दोनों को अंदर ले आए। सुशीला ने अपनी साड़ी के पल्लू से बरामदे में रखी कुर्सियो पर से धूल हटाई, फिर पानी लाने के लिए घर के अंदर भागी। शंभुनाथ जी भावुक होकर कहे जा रहे थे कि चींटी के घर में भगवान आ गए। श्री, श्रीमती सक्सेना जी ने उन्हें बधाईयां दी, और एक खूबसूरत रैप में लिपटा एक उपहार भी दिया। श्रीमती सक्सेना ने बताया कि आज दोनों जन शहर से बाहर थे, इसलिए दोपहर में नहीं आ पाए, इसके लिए दोनों से क्षमा भी मांगी। अब शहर में वापसी करने पर पहले सीधे उनके घर ही आए, यहां से अब अपने घर की तरफ जाएंगे।

सुशीला ने उन्हें बिना चाय पिए जाने ही नहीं दिया।

वो लोग भी चाय पीकर, पुनः गृहप्रवेश की बधाई देकर, और अपने घर आने का न्योता देकर, हाथ जोड़कर वापस अपने घर जाने के लिए बाहर आकर कार में बैठ गए।

दोनों हाथ हिलाकर उनको तब तक विदाई वाला हाथ हिलाते रहे, जब तक कार दिखाई देनी ओझल नहीं हो गई।

घर में घुसते समय सुशीला ने शंभुनाथ जी से कहा कि आज सब कुछ मिल गया, बस एक इच्छा अधूरी रह गई सक्सेना साहब से कह नहीं पाई कि वो मुझे अपनी गाड़ी में बैठाकर, कालोनी का एक चक्कर कटवा देते, उनकी बड़ी, चमचमाती गाड़ी में बैठने को मन बहुत ललचा रहा था।

शंभुनाथ जी ने बस इस पर बस इतना ही धीरे से कहा कि आज किसी चीज़ की कमी मत महसूस कर, इतना कुछ तेरे भोले ने दे दिया है, बड़ी कार, हवाई जहाज की सैर भी करवा ही देंगे।

बहुत दिया देनेवाले ने तुझको
आँचल ही न समाए तो क्या कीजे
बीत गए जैसे ये दिन रैना
बाकी भी कट जाए दुआ कीजे

उपहार खोला गया तो उसमें एक चांदी से बना राम दरबार था । घर में पूजा करने के स्थान में राम दरबार को भी जगह दे दी गई।

पति-पत्नी फुर्सत में पहली बार एक दूसरे के साथ अपने घर में बातें करने लगे। ईश्वर को कोटि कोटि धन्यवाद देने के पश्चात, अपने घर तक पहुंचने की यात्रा का एक एक लम्हा दोनों के सामने से गुजरने लगा। जहां कभी दोनों बहुत उत्साहित, कभी हताशा इतनी ज्यादा कि अपना घर होने का सपना देखा ही क्यों, इस पर गुस्सा भी आने लगता था। उन मददगारों का ध्यान भी आने लगा जो किसी शर्त, कागजातों के बिना भी, मदद करने में चूके नहीं। कुछ ने पहले तो मना किया फिर एकाध दिन में कुछ दे के गए, साथ में शर्म के साथ कह भी गए भी कि दो दिन पहले कुछ था नहीं,आज कुछ हाथ में आया, तो आप लोगों को देने तुरंत ही चले आए।

घर के मकान, मालकिन को समझ यही आया कि निम्न वर्ग का घर तो खून पसीने की कमाई, दिमाग, सुकुन की घुटाई, और काफी दूसरी इच्छाओं की छंटाई करने के बाद ही बन पाता है।

घर में पहली रात को एक ने दूसरे से कहा कि चलो अब परिवार में वृद्धि भी कर डाली जाए, दूसरे ने शर्माते हुए उस पर कुछ कहा नहीं।इस सहमति पर अमल भी किया गया, यह सोचते हुए भी कि कथनी और करनी में आज के शुभ दिन तो बिल्कुल भी अंतर नहीं रहना चाहिए।

बस फिर लाइट बंद कर दी गई, उसके बाद जो भी उस नये नवेले घर के इकलौते शयन कक्ष में हुआ,वो सब कुछ अंधेरे में ही हुआ।

बहुत सारे लोग दुनिया में खूबसूरत हैं, ये ही प्रमाणित करने के लिए कि अंधेरे में भी खूबसूरत चीजें बनाई जा सकती है।

गृहप्रवेश के अगले दिन कुछ आसपास की महिलाएं सुशीला के पास आई, बधाई देने कम, और बीती शाम को बड़ी काली गाड़ी में कौन आया था, क्या रिश्ता नाता है उनके साथ, यह जानने के लिए ज्यादा।

अगले दिन शंभु नाथ जी जब शाम को बैंक से वापस आए,तो साईकिल को अपनी रोज वाली धुन में, पुराने किराए वाले घरके रास्ते की तरफ ही मोड़ दिए थे, आगे जाकर जब गलत दिशा मुड़ जाने का ख्याल आया,तो उनके चेहरे पर एक मीठी सी मुस्कान पसर गई।

कुछ दिनों बाद हिंजड़े भी नेक मांगने आ गए। तालियों के साथ ढोलक, मंजीरों के साथ गाना भी अपनी फटी आवाज में गाने भी लगे।

सज रही गली मेरी अम्मा चुनरी गोटे में चुनरी गोटे में रुपहली गोटे में...

आज घर पाया है
कल मुन्ना भी आवेगा
फिर बहू भी लावेगा
लेकिन मां से सुंदर
कहां से लावेगा

इन सबके चलते आसपड़ोस वाले भी, तमाशा देखने पहुंच गए वहीं, कुछ अपने छत या बालकनी से देखने लगे। कुछ ने अपनी काम करने वाली से कहा बर्तन भांडे, झाड़ू, पोछा बाद में करना, पहले वहां जाकर, फिर वहां का आँखों देखा हाल, घटनाक्रम हमको भी तफ्सील से बताना।

घर से जाने के लिए पैसे, और ज्यादा पैसे, हिंजड़ों के द्वारा मांगे जा रहे थे, और इस पर जोर जबरदस्ती या बतमीजी (लहंगा, साड़ी उठाने लग जाना, ब्लाऊज के बटन खोलने लगना) करने पर भी उतारु हो चले थे। एक लंबा हट्टा-कट्टा हिजड़ा तो लघुशंका करने के लिए लहंगा उठाकर सामने की दीवार पर खड़ा होकर उसे अंजाम भी देने लगा। ये देखकर एक तमाशबीन ने दूसरे तमाशबीन से कहा कि रामलाल जितना इसके टांगों, जांघों में बालों का जमावड़ा है, उसका आधा भी, तेरे सर पर होता, दुनिया में किसी की क्या मजाल होती, जो कोई तुझे गंजा कह पाता।

एक और आसमां की तरफ देखते हुए निराशा में डूबी आवाज में कहने लगा घोर कलयुग आ चुका है, जनानियों को भी ऐसे पेशाब करते हुए देखना पड़ रहा है,अब तो गंगा मैय्या में डुबकी लगाकर मर जाना अच्छा। इस संकल्प की त्वरित पूर्ति के लिए वो मुड़ा भी, कुछ कदम चलने पर सामने एक आवारा कुत्ते को गुर्राते हुए देखकर घबरा गया,वापस मुड़ कर फिर से तमाशबीन बन कर, और बढ़िया हो चुके तमाशे को देखने लग गया।

कोई अपने साथ खड़े के कान के पास अपने मुंह को ले जाकर कह रहा था - इन हिंजड़ो और जनानियो, आदमियों में सबसे मेन फर्क क्या होता है, उसे समझाया गया कि या तो खर्चा कर ले इन पर, किसी अकेली जगह में जा कर, नहीं तो इनके लिए ढोलक बजा रहे कल्लू को अद्धा पिला कर पूछ लेना। कहता भी रहता है कि हम प्यार करने के लिए चेहरा नजर आने की, जरूरत नहीं समझते। पीठ पीछे रहकर हम खंजर नहीं घोपा करते,बल्कि सिर्फ प्यार ही लुटाया करते हैं

किसी ने पुलिस स्टेशन में फोन लगाया कि हिंजड़े एक घर में बतमीजी कर रहे है। फ़ोन उठाने वाले पुलिस वाले ने कहा कि

देखो जी डकैती, मर्डर हो रहा है, इज्जत लूटी जा रही है तो हम सायरन बजाते हुए आ जाते हैं, हिंजड़े हैं तो घर वाले, खुद ही निपट लें, उनसे निपटना हमारे बस की बात भी नहीं, ऩंगों, बेशर्मों से भगवान भी डरते है,हम खाकी वर्दी वालों की क्या औकात।

कोई किसी से कह रहा था, दो दिन पहले इनके घर में बड़ी सी काली गाड़ी आई थी, आज काले मैल की मोटी, गाढ़ी परत बदन में लपेट कर, हिंजड़े आ गए हैं।

अब सुशीला ने सामने मोर्चा सम्हाल कर, हिंजड़ो से बातें करनी शुरू कर दी।सुशीला ने उन पर अपनी बातों, व्यवहार से ऐसा जादू किया कि माहौल बदलने लगा। कपड़ों का उठाना, गिराना बंद हो गया। शब्दों, हरकतों से गंदगी, नंगईपन गायब सा हो गया।

हिंजड़ो को चाय पिलाई, मठरियां खिलाई गई। सुशीला भी उनके साथ इतना नाची कि किन्नरों की लीडर, घर के अंदर आकर, सुशीला से बस पांच सौ एक रुपए लेकर ही चली गयी । जाते जाते सुशीला से ज़बान लेकर गई कि वो लोग पांच हजार एक रुपए लेकर गए, ऐसा ही सबको बताया जायेगा। उसे यह भी समझा कर गए कि घर हो गया है, अब फर्श पर रेंगना वाला भी जल्दी से घर में लेकर आओ, लेकिन तब नेक हमारे हिसाब से ही देना पड़ेगा।

घर शुरुआत में एक कमरे का सैट वाला ही था, घर की, बाउंड्री वॉल की दीवारों पर प्लस्तर तक नहीं किया गया था। दरवाजों, खिड़कियों पर पर्दे भी नहीं।

फिर भी सुशीला गुनगुनाने लगती

पिया का
घर है ये
रानी हूँ मैं
रानी हूँ घर की

प्रवेश के कुछ दिनों पश्चात शंभुनाथ जी एक थैले में कोई भारी सी चीज लेकर आए। सुशीला को उसे दिखाने से इंकार करते रहे, और सुशीला को कहा कि वो मंदिर जाए, जहां अनूप जलोटा की भजन संध्या का आयोजन किया जा रहा था। सुशीला उलझन लेकर, मंदिर चली गई, जब तीन घंटे बाद लौटी, तो देखा घर में घुसने वाले गेट की पास की दीवार पर एक संगमरमर की नाम पट्टिका या नेमप्लेट लगी हुई थी, जिस पर लिखा हुआ था

सुशीलासदन
स्त्री निर्मितघर

सुशीला की यह देखकर आंखें भर आईं, भोले बाबा को धन्यवाद,उनको आभार प्रकट करने लग गई, घर में घुसकर रोने लगी, फिर बिस्तर में बैठकर भी रोती ही रही।

इसके बाद बैंक बिजली, पानी, नगरपालिका, रिश्ते दारों हर जगह , जहां से भी घर को चिठ्ठी पत्री आ सकती थी, वहां सुशीला सदन भी पते में जोड़ दिया गया, या सुशीला सदन को भी पता लिखते, लिखवाते समय शामिल कराया जाने लगा ।

किसी जमीन पर बने घर को देखने से गुजरना पड़ता है। उसके सुंदर न नजर आने, पुराना हो गया, इस तरह की बातें भी करने लग जाते हैं। पुराने के संदर्भ में बातें होने पर, बातों का रुख सामान्यतः इस तरफ नहीं जाता कि किसी ने कैसै उस घर के बारे में सोचा, आगे प्लान किया, फिर बनाया होगा। कैसे पेट काटकर जमीन खरीदी होगी, कैसे दुनिया भर की उधारी के लिए हाथ फैलाकर, नज़रों में आशा की किरण लेकर दोस्तों, रिश्तेदारों, साहूकारों के पास घूमता, उनके चक्कर लगाता रहा होगा। दुकानदारों से ठीक रेट, बिल्डिंग मैटेरियल की सही क्वालिटी, कुछ उधार, कुछ नकद-कुछ उधार पर सामान पाने, ठेकेदारों, बेलदार, मिस्त्री, मजदूरों से काम समय पर हो, गुणवत्ता वाला हो, इसके लिए जूझता, उलझा रहता होगा। कितने साल जीवन के, घर ढ़ंग से बनाने के लिए न्यौछावर कर दिए होंगे, लकड़ी की नस्ल, तराई, किचन ऐसी, बाथरूम में ये सब। नजर न लगे के

लिए नजरबट्टू, काले घोड़े की नाल, निंबू, मिर्ची का टांगा जाना। जाने कितने दोस्तों, रिश्तेदारों को दिखलाने अपने प्लाट, घर में लाता रहा होगा। पत्नी के साथ में गुनगुनाता होगा ये तेरा घर ये मेरा घर, किसी को देखना हो गया, हो पहले आके मांग ले, मेरी नज़र, तेरी नज़र।

7

सहेलियों की पहली मुलाकात

एक दोपहर सुशीला को दोपहर में दरवाजा खड़खड़ाने की आवाज सुनाई दी। घर की रानी ने दरवाजा खोला, सामने एक जोड़ा नजर आया। उनसे बातें शुरू हुई तो पता चला कि उन्होंने उनके बगल वाला प्लाट खरीद रखा था, वहां घर बनने का काम शुरू होने जा रहा था, उन्हें कुछ दिनो के लिए कंस्ट्रक्शन का काम करवाने के लिए, सुशीला सदन से बिजली का कनेक्शन चाहिए था, चूंकि उनका कनेक्शन आने में अभी कुछ समय लगना था।जोड़ा पति-पत्नी का था, पत्नी का नाम मंजू, और पति का परिचय मुकुल नाथ के नाम से था। पति एक निजी स्कूल में मैनेजर थे, असल में एडमिन, ट्रांसपोर्ट जैसे गैर शिक्षण वाले काम स्कूल में सम्हालते थे। मैनेजर का डेसिगनेशन पोस्ट की चमक धमक बढ़ाने के लिए रख दिया गया था।

सुशीला और मंजू दोनों की पहली मुलाकात में ही ऐसी छनी कि दो सगी बहनों की भी क्या निभती होगी। बिजली का कनेक्शन दे दिया गया, जिसकी पेमेंट जल्दी और कुछ ज्यादा भी मंजू , मुकुल नाथ के द्वारा कर दी जाती। जब भी मियां बीवी अपने घर का काम देखने आते, चाय पानी सुशीला की तरफ से, बिना बोले ही उनके प्लाट में पहुंचा दिया जाता। फिर चाय, लघु जलपान सुशीला सदन में ही गपशप के साथ किया जाने लगा जिस दिन लिंटर देर रात को पड़ा , तो पहले लड्डू का प्रवेश , जग निर्माण देव विश्वकर्मा जी को अर्पित करने के पश्चात,सुशीला के मुंह में ही हुआ। पति-पत्नी ने खाना और रात्रि विश्राम भी सुशीला के घर में ही किया, क्योंकि रात को जयसिंह कालोनी से बाहर निकलना खतरे से खाली नहीं था। दोनों के पति जमीन पर गद्दा बिछाकर

सोए, और दोनों सहेलियां बिस्तर में सोईं। मंजू ने सुशीला से पहले सोने को कहा, और फिर उसके सर पर मालिश करते हुए उसे सुला भी दिया। बाद में ये राज खुला कि मंजू को भयंकर खुर्राटे लेने की आदत है। एक बार मुकुल नाथजी मंजू के साथ एक शादी में गए, तो महिलाओं और पुरुषों को एक धर्म शाला के अलग अलग मंजिल पर अलग अलग कमरों में ठहराया गया। किसी कारणवश रात को मंजू को किसी कारणवश ढूंढने मुकुल नाथजी औरतों वाले फ्लोर में गए,तो उन्हें यह पता नहीं था कि मंजू कौन से कमरे में सो रही है, लेकिन खर्राटों की आवाज सुनकर, उन्हें मंजू के कमरे को तलाश करने में, उस घुप्प अंधकार में भी कोई दिक्कत नहीं हुई ।

मंजू अक्सर कहती रहती अपना घर देखने के साथ बहन से मिलने भी यहां आती हूं। शंभुनाथ जी ने अपने बैंक से उनका होम लोन भी सैंक्शन्ड, डिजबर्स्ड भी करवा दिया,जिसकी किस्तें, उनके इससे पहले लिए गए लोन से काफी कम थी। मंजू यह सब देखकर फूली नहीं समाती थी, कहती रहती थी प्रभु श्रीराम ने ही हमें ऐसा पड़ोस दिलाया है कि पड़ोस का खाना अक्सर खा खा कर मैं तो मोटी होती जा रही हूं, अच्छा हुआ कि ये शादी से पहले नहीं मिली, नहीं तो एक मोटी लड़की की शादी होने में बड़ी दिक्कत आती, और मुझे मुकुल नाथ जैसा वर मिलने में भी दिक्कत आने लगती, ये सुनकर मुकुल नाथ जी खीझने लगते, और मंजू ठहाका लगाने लगती। मंजू थी कुछ ऐसी ही,जो हृदय में , वो तुरंत ही जबान पर भी प्रकट होने लगता था।

परिवारों के मुखिया या पिताओं के मध्य, मिल जाने पर राम राम कहना, कुशल प्रेम पूछना, इससे ज्यादा

आगे बातें कभी कभार ही बढ़ पाती थी। एक दूसरे के परिवार की मदद करने तो दोनों घरों के मुखिया तुरंत पहुंच जाते या तैयार रहते थे, लेकिन द्विपक्षीय वार्तालाप कम ही रहता था।

विधाता ने इंसानों को ऐसा कुछ भी गढ़ा होता है कि दुनिया में कुछ के साथ कुछ संपर्क साधने ,संवाद करने में, वो उदासीनता , विमुखता को ओढ़े रहते हैं , यहां कोई कारण तर्क की कसौटी पर नहीं, इसे विधि का विधान समझा जाना चाहिए।

वैसे भी दो खास सहेलियों के पति आपस में दोस्त नहीं बन पाते, सहेलियों के जहां सीने मिलते हैं, उनके पतियों की पीठें।

कोढ़ में खाज यह भी कि महकपुर की जयसिंह कालोनी के बहुत ही निकट पड़ोसी, दोनों ही अंगूर की पुत्री, यानी मदिरा से भी परहेज़ रखते थे , तो यहां दीवारें बरक़रार रहीं। इस कारण उपर कहे के संदर्भ में कि वो दोनों उदासीनता ओढ़े रहते हैं, या दोस्त नहीं हो सकते, के कथन के संबंध में अपवाद ने जन्म भी नहीं लिया।

आज के दौर में एक शब्द अपने मायने, अस्तित्व खोने की कगार पर है, वो शब्द "पड़ोसी"। अंग्रेजी में इसे नेबर कहा जाता है,जो आजकल दुर्भाग्य से "नेवर टूगेदर" हो चुका है।

कभी इंसान बहुत ज्यादा आत्मकेंद्रित , इतना स्वावलंबी भी नहीं हुआ करता था कि उसे किसी की जरूरत से कोई सरोकार ही नहीं।

इंसान तब आसपास की दुनिया को भी महसूस करता, उससे संपर्क भी रखता था। इस ख्याल को नहीं धारण करता था कि मुझे किसी और की जरुरत नहीं , मैं ही मैं सब कुछ हूं, दूसरा कोई , क्यों भला किसलिए, दुनिया में मेरे सिवा।

आसपास रहने वालों का भी जीवन व्यतीत करने, उसका आनंद उठाने में बड़ी महत्वपूर्ण भूमिका ,योगदान रहा करता था। पड़ोसी एक ऐसा रिश्ता था जो गैर रक्त की श्रेणी में आता था, लेकिन इसे बहुत गहरा, गाढ़ा नाता समझा जाता था।

आजकल तो पड़ोसी शब्द इतना अप्रासांगिक हो चुका है कि ये भी सुनने को नहीं मिलता कि फलाने की बीवी किसी पड़ोसी के साथ भाग गई,या कोई पड़ोस वाले की बीवी को भगाकर ले गया। दिल्ली में एक साहब अपनी बीवी से बहुत परेशान थे, और इस समस्या के उनके जीवन में बने रहने के लिए, अपने आसपास

वालों को जिम्मेदार ठहराया करते थे कि बहुत ही निकम्मे हैं, कुत्ते को घुमाने के अलावा , किसी और को घुमाने के लिए कोठी से बाहर निकलते, कुछ करते ही नहीं।

कभी काफी बातों, चीजों के लिए पड़ोसियों पर भी निर्भर रहने का चलन था तो आस पड़ोस वालों का एक दूसरे के घरों में आना जाना , आपस में बातें करना चलता रहता था। रिश्तेदारों से तो चिट्ठी पत्री के द्वारा ही संपर्क रहता और मिलना जुलना महीनों में हो पाता था, इसके अलग पड़ोसियों से संपर्क रोजमर्रा वाला रहता था। आजकल के क्लोज सर्किट टी वी वाली भूमिका निभाने में भी आस पास वाले पीछे नहीं रहते थे।आस पड़ोस में कौन किसके यहां आया-गया। कौन रिश्तेदार किसके यहां आ रखें हैं, कब से जमे हुए हैं। बहु, बेटी किसकी आई, गई। आना-जाना कैसे , समधी या दामाद छोड़ने आए थे, अपनी गाड़ी में। उनके कपड़े, गहने , मिलने, विदाई पर माहौल कैसा था।इन सब का हिसाब किताब , लेखा जोखा भी उन लोगों के पाडकास्ट,टेलिकास्ट, ब्रांड कास्टिंग में शामिल होता रहता था।

फेमिली डाक्टर कौन सा अच्छा है।अमृतधारा , एनासिन, बर्नाल जैसी घर में रखी जाने वाली घरेलू दवाइयों का रात बिरात भी पड़ोसी से मांगा जाना। कभी तो दूसरे के घर में ही दवाई खुराक को पी लेना,या वहीं मरहम डिबिया से लेकर , उसे प्रभावित शरीर के स्थान पर मलकर,कुछ गपशप करके, फिर अपने घर में वापसी कर लेना।

कोई "गैस बाहर" चूरन मांगने आता था , तो उसे ये कहा जाता था , अपने घर जाकर ही खाना , यहीं खाओगे तो हमारे घर की आबोहवा ने खराब हो जाना है।

आजू-बाजू के वालों के प्रति अनुकूल, स्नेहपूर्ण मनोस्थिति, उनसे मिलना जुलना, उनको भी जीवन यापन के लिए महत्वपूर्ण, आवश्यक समझना, ऐसी रीत, प्रचलन, समझ के चलते, जयसिंह कालोनी में सभी परिवारों के आपस में संबंध थे, और बड़े ही

गर्माहट वाले थे।

सुशीला और मंजू के परिवार, महकपुर के जयसिंह नाम वाली तत्कालीन निम्न वर्गीय रिहाइशी कालोनी के ब्लाक बी में एक दूसरे के "पड़ोसी" बन चुके थे। विनोद और संगीता की मांओं, सुशीला और मंजू, की आपस में खूब छनती थी, पहली मुलाकात से ही, उसके बाद घनिष्ठता, अपनत्व दोनों के, और परिवारों के मध्य बढ़ती ही चली गयी। अपनापन दोनों घरों में इतना कि दोनों के मेहमान, अपने मेजबान के घर के शौचालयों, स्नानघरों के व्यस्त रहने पर, दूसरे के घरो में स्नान, निवृत्त होने के लिए चले जाते थे। मेहमानों को भी इससे असहजता नहीं महसूस होती थी कि जिसके घर में आए , बल्कि उसके पड़ोस वाले घर में नहाना धोना,या अकड़ू बैठ कर शरीर से कुछ पृथक किये जाने के बाद, वहां से अक्सर नाश्ता, चाय पानी करने के बाद ही अपने वाले घर में वापसी करते थे।

जयसिंह कालोनी के बसावट के शुरुआती दौर में, जहां शहर से अलग-थलग, वीरान जैसे हालात में, दोनों पड़ोसनें काम से फुर्सत मिलने पर , अपने अपने घर के दरवाजे, फाटक से बाहर आकर , वहां स्थानीय विधायक के द्वारा रखवाई गई एक बेंच में बैठकर ढेर सारी बातें, और सब्जी , कपड़े बेचने वाले, कबाड़ीवाले, डाकिए का इंतजार भी किया करती थी । राशन का सामान कहां सस्ता, खरीदारी में छूट कहां चल रही है, किस की औलाद की शादी होने में या होने के बाद में कैसी दिक्कतें हैं। घरवाला किसका शराब पीता है,रात को कोई अपनी बीवी के द्वारा दरवाजा न खोलें जाने पर ,घर में कैसे घुस पाता है:- चिल्ला कर , मनुहारें करके या दरवाजा खूब भड़भड़ा कर । कौन बीवी पर हाथ उठाता है, या कौन अक्सर ही बीवी के झाड़ू , बेलन से पिटता रहता है।

आसपास वाले कैसे, उनका मिजाज कैसा, एक दूसरे के पीहर की, इस तरह की ही बातों से दोनों समय को गुजारती, दिल को हल्का करती। दोनों को देश, विदेश से ज्यादा अपने आसपास की दुनिया को अपनी बातों में शामिल करना अच्छा लगता था।

व्रत किस दिन , कैसे रखना है, इन सब में भी दोनों का फुर्सत का समय बीत जाता था।

एक दूसरे को उधार दे देना भी हो जाता था, जिसकी वापसी इसी बात के साथ कि अगली आने वाली तन्खवाह के साथ ही उस लिए गए को वापस कर दिया जाएगा।

दोनों की आपस में इन सब बातों के दौरान कई बार हास्य भी शामिल होने लगता था। एक बार मंजू ने सुशीला से छींकने का कारण पूछा तो सुशीला ने मंजू को बताया कि कोने वाली नकचढ़ी से अपने दिए पैसे वापस मांगने गई थी, पैसे तो उससे मिले नहीं, लेकिन कम्बख्त छींकी लगातार जा रही थी। घर वापसी करते करते, उसे भी छींके आने लगी थी। यहां बताना उचित रहेगा कि नकचढ़ी, परिवार के द्वारा नामकरण संस्कार के दौरान रखा नहीं गया था।दोनों सहेलियां जयसिंह कालोनी के कई निवासियों को उन दोनों के द्वारा, उनके लिए रखे गए नामों से ही याद किया करती थी।

सुशीला को उधार दी गई रकम की वापसी तो हुई नहीं, हां जुकाम जरूर, उधार की जगह, मिल गया । यह सुनने, जानने के बाद बाद मंजू ने पहले तो नकचढ़ी को गुस्से में स्मरण किया, इसके बाद सुशीला को दूध में जलेबी डालकर खिलाई ।

कभी कभी दोनों की बेंच वाली बातों का सिलसिला कुछ समय के लिए किसी एक प्रसंग पर ही ठहर सा जाता था। अगले कुछ दिनों तक वो घटना ही दोनों की आपस की बातचीत का केंद्र बना रहता था।ऐसे ही एक किस्से का बताया जाना बनता तो है।

जयसिंह कालोनी के एक घर में, बाहर से लड़के वाले, उस घर की बेटी को देखने आए।

यहां घर का, घर वालों का अवलोकन, कन्या का प्रदर्शन, अवलोकन अतिथि सत्कार सब कुछ बढ़िया चल रहा था। दोनों पक्षों के चेहरे खिले हुए थे।लड़के को अग्रिम तौर पर जीजाजी कहना भी कुछ चंचल, सब्र से दूर रहने वाली, सालियों ने कहना शुरू कर दिया।

सालियों के बहुत जोर दिए जाने पर जीजाजी को अपना गायकी कौशल को भी प्रदर्शित करना ही पड़ा, और तान छेड़ने से पहले

उन्होंने ऐसा भी बताया कि गाना उनके दिल के बहुत करीब है, इसमें लिखा काफी हद तक जीजाजी की सोच, उनकी अपूर्ण जीवन की अभिलाषाओं का प्रतिबिम्ब भी है। भावी जीजा ने गले को खंगालते हुए, अफसोस के भावों को अपनी गायकी में भरते हुए गाना गाया, जिसका मुखड़ा कुछ ऐसा था।

"बस यही अपराध मैं हर बार करता हूं
आदमी हूं, आदमी से प्यार करता हूं"

सालियों ने जहां गाने की तारीफें,दाद देनी करनी शुरू कर दी, कुछ को लगा कि कितना दयानिधि, करुणानिधि और ललित कलाओं से सुसज्जित वर है। इन सबके विपरीत लड़की के इकलौते मामा का माथा ठनका। मामा ने कुछ पहले, जो लड़के के बारे में सुना था, जिसे उसने यूं ही लोग कहते रहते हैं,समझते हुए नजरअंदाज भी कर दिया था, वो अब ज्यादा ही विकराल होकर, स्पष्टता के साथ उसकी आंखों के आगे विचरने, मुखरित भी होने लगा। गायन से पूर्व लड़का, मामा जो कि कसरती बदन वाले थे, इसके चलते भी मामा की खूब तारीफें कर रहा था।यदा-कदा मामा के तन से शारीरिक स्पर्श पाने का तलबगार सा भी लग रहा था।हाथ जोड़ने की जगह, मामा से हाथ मिलाना, और देर तक हथेली को पकड़े ही रहना, ऐसा कुछ वो करता चला आया था। मामा अभी तक अविवाहित हैं,यह जानकर उसके चेहरे में प्रसन्नता के भाव और प्रखरता से दृष्टिगोचर होने लगे थे। यही नहीं गाना गाते हुए, लड़की से ज्यादा मामा को प्यार, और लालसा भरी नजरों से, *उन्हेंपासकूं, तोकरारआजाए*, ऐसी नज़रों के साथ देखता भी रहा।

फिर बहन, जीजाजी, साले में, बैठक से परे दूसरे कमरे में जाकर कुछ फुसफुसाहट वाली बातें भी हुई। उस कमरे में साले की बातें सुनकर दीदी, जीजाजी का चेहरा क्लांत सा पड़ने लगा।

तत्पश्चात लड़के वालों को हाथ जोड़कर कह दिया गया कि परिवारों ने जुड़ना है कि नहीं, ये आज,अभी तो नहीं, कुछ समय के बाद बताया जाएगा। इस पर काफी हंगामा भी कटा। पहले तो यह शालीनता के दायरे में कैद रहा, कुछ देर बाद अभद्रता का

रुप भी,धारण कर बैठा। खैर लड़की वाले मामा की अगुवाई में, हाथ जोड़े रहे, किंतु अपनी बात से कि रिश्ते के बारे में आज, अभी कुछ कहना नहीं, इस बात से टस से मस नहीं हुए। अंततः लड़के वालों को खाली हाथ, बिना किसी ठोस वादे के ही लौटा दिया गया। लड़का मामा की तरफ देखते हुए ही, बहुत मायूस होकर वापस कार में बैठने को तैयार हुआ।

लड़की वालों में सालियों के चेहरे सबसे ज्यादा लटके पाए गए।कुछ समोसे, बरफी,गुलाब जामुन टेबल पर ही रह गए।

लढ्डू के छोटे वाले डिब्बे आस पास के घरों में बांट दिए गए। सफेद लिफाफों में से ग्यारह, इक्कीस, इक्यावन, एक सौ एक रुपए निकाल कर वापस बटुए, अल्मारी में समा गए, लेकिन इस ख़र्च के बच जाने से परिवार खुश नहीं था।

लड़की को समझाया गया कि कुछ और बेहतर उसका इंतजार कर रहा है।

कार में बन संवर कर आए लोग क्यों वापसी करते समय बहुत तेजी से कार चलाते हुए लौट गए, परिवार ने इस बारे में कालोनी वालों को कुछ कहा नहीं, बस चुप्पी ही साधी रखी।

आसपास वाले भी समझ रहे थे, किंतु इसे लड़की वालों से या किसी दूसरे से सुनने की चाहत रखते थे, और सुनने के बाद ऐसा कुछ ही कहना चाहते थे कि हमें क्या, हमें क्या करना दूसरों के मामले जानकार।

उस लड़की के परिवार में काम करने वाली घरेलू सहायिका रोहिणी पर आसपास वालों ने प्यार, सम्मान की बढ़ोतरी कर दी। उस शाम वाले घटनाक्रम पर काफी सवालात, घुमाफिरा कर, सीधे तौर पर उससे किए गए।रोहिणी ने भी कच्ची गोलियां नहीं खेली थी, उसने परिवार की मान मर्यादा की सुरक्षा, प्रशंसा से सुसज्जित जवाब ही दिए।

कुछ ने कन्या, या कन्या वालों में खोट देखने, और अपनी इस सोच को, दूसरों में भी संक्रमित करके, इस तरह उसे व्यापक करने की कोशिशें भी की ।वहीं दोनों सहेलियों ने उस लड़की के

मां बाप से कहा कि बहुत अच्छा किया आपके परिवार ने, और आइंदा से हमारा नाम, पता भी अपने परिवार के बारे में बतलाने, कुछ पूछताछ के लिए किसी को भी बेझिझक दे सकते हैं।

मामा की आशंका निर्मूल साबित नहीं हुई। कुछ समय बाद यह जानकारी जयसिंह कालोनी में भी पहुंची कि- कुछ समय के लिए, महकपुर की जयसिंह कालोनी की कन्याओं से तुरंत फुरत जीजा का का दर्जा पाने वाले को, असलियत में सात फेरों में साथ चलने के लिए वधू की जगह शारिरिक सरंचना में हूबहू उसके जैसा ही चाहिए था।

दोनों सहेलियों के बीच काफी दिनों तक चर्चा, बातचीत इस प्रसंग के ईदगिर्द ही सिमटी रही।

शुरू में उसमें छी कैसे गंदे लोग संसार में हैं, के साथ शुरू होने वाले विस्मय का समावेश रहा, बाद में इस पर मुस्कराना, खिल-खिलाना भी शुरू हो गया।

मंजू ने तो भगवान से प्रार्थनाएं भी करनी शुरू कर दी सुशीला को चिढ़ाते हुए कि सुशीला के बेटे तो, आने वाले और भी घनघोर कलयुग में , वधू तलाश करने वाले ही हों।

सुशीला ने यहां नहले पर दहला यह कहकर मारा कि एक बेटे की शादी तो मैं तेरी बेटी के साथ ही कर दूंगी, तो तू बस एक के लिए ही प्रार्थना करती रहना, नहीं तो दूसरी भी बेटी पैदा करले।

कुछ समय बाद उस लड़की का घर बस गया तो दोनों सहेलियों ने मंदिर जाकर भगवान को धन्यवाद, आभार, प्रसाद चढ़ा कर , ड्योढ़ी पर मत्था टेककर, प्रकट किया...

वैष्णव जन तो तेने कहिये जे, पीर पराई जाणे रे

एक मधुर आश्चर्यजनक बात यह भी थी कि दोनों की इन बातों में कभी भी अपने पतियों की बुराई करना शामिल नहीं रहा।

सामान्यतः दोस्ती, मित्रता के जिक्र पर पुरुषों की दोस्ती से संबंधित बातें ही कहीं, बताई जाती हैं।

ज्यादातर दुनिया को मालूम नहीं है कि एक दूसरे को पसंद करने वाली औरतों की आपस की बातों में एक भरपूर संसार से ज्यादा कुछ सिमटा रहता है, एक और खास बात यह भी कि यदि किसी एक से किसी की शत्रुता हो जाए, तो दूसरी वाली के लिए भी उस, जान या अनजान का, शत्रु बन जाना तय ही समझिए।

8

संसार है, इक नदिया, सुख दुख दो किनारे हैं..

सुशीला गुसलखाने में फिसल कर गिर गई। सर के दीवार पर टकराने से चोट ऐसी लगी कि बेहोशी की चपेट में आ गई।

मनीष उपर वाले माले से नीचे आया तो उसे गुसलखाने के दरवाजे के लंबे समय से बंद रहने का पता चला, पहले तो उसने खूब दरवाजा भड़भड़ाया, मम्मी मम्मी चिल्लाते हुए आवाजें भी दी, कोई प्रतिक्रिया नहीं मिलने पर बदहवास होकर चिल्लाते हुए आसपास के घरों में गया। सबसे पहले मंजू, और उसके घर में आया एक मेहमान, उनके यहां पहुंचे। शंभुनाथ जी को भी बैंक से बुलाया गया।

दरवाजा तोड़ कर सुशीला को निकाला गया। कोई पड़ोसी अपने एक जानने वाले डाक्टर को भी घर पर लेकर आ गया।

डाक्टर की कोशिशों से होश में तो सुशीला आ गई, डाक्टर ने पेन किलर दवाईयां लिख दी,एक्स रे के लिए भी कहा, मंजू के द्वारा उसे हल्दी वाला दूध भी पिलाया गया। कुछ दिनों के बाद उसे उठने, चलने में तकलीफ़, चक्कर से भी आने लगे। कभी कभी आंखों के आगे अंधेरा छा जाना जाना भी उसके साथ होने लग गया।

हालत सुशीला की, और बिगड़ती ही चली गई।डाक्टर भी बदल लिया गया। नये डाक्टर के रिकमेंड करने पर, एम आर आई करवाई गई तो पता चला कि दिमाग में गिरने से अंदरूनी चोट

आ गई थी, जिसने अब स्नायु तंत्र को भी भयंकर रूप से प्रभावित करके, अपनी जकड़ में ले लिया है ।नये डाक्टर के हिसाब से पहले वाले डाक्टर ने यदि एकदम से एम आर आई करवा दिया होता, तो बीमारी के इस हालात तक पहुंच जाने की नौबत न आती।

कई बार विपदाएं भी दो धारी तलवार की तरह हमला करती हैं।

इस बीच बैंक में कुछ गबन जैसा हो गया, जिसमें घोटाले बाजों ने चालाकी से शंभुनाथ जी को भी इसकी चपेट में ला दिया, प्राथमिक जांच में त्वरित कार्यवाही करने के नाम पर, वो भी सस्पेंड कर दिए गए।

बचत और सुशीला के कुछ गहने इस मुश्किल समय की बलि चढ़ गए।

परिवर्तित इलाज सुशीला का किया तो जाने लगा, लेकिन परिवार की तत्कालीन आर्थिक परिस्थितियों के अनुसार ही।

कुछ समय के बाद सुशीला बिस्तर पर लेटने को ही मजबूर, बोलने में भी दिक्कत, फिर उसने जैसे चुप्पी ही साध ली । आंखों से , पलकें झपकाकर ही बातें करने लगी।

बीमारी सुशीला को, और सुशीला पलंग पर लेटे रहने को, छोड़ नहीं पा रही थी।

नित्य कर्म बिस्तर पर ही, एक नर्स घर पर दिन भर में रहती। कभी नर्स छुट्टी पर रहती तो मंजू ने ही सब कुछ सम्हालना होता ।रात को शंभू नाथ जी भी भरपूर सेवा सुश्रुषा करते ।

मंजू के द्वारा, सहेली के लिए तीमारदारी, नजर उतरवाना, मंदिरों के चक्कर, वहां विशेष पूजा, उपवास, बाबा की भभूतियों को लाने भी जगह जगह चले जाना।

बच्चों, मनीष और विनोद से भी कहती यही थी कि मां की सेवा करते रहो, पढ़ाई का भी ध्यान रखो।मां ने जल्दी ही ठीक

हो जाना है।

कोई दिक्कत हो रही तो मुझे भी अपनी मां की खास सहेली, मां जैसी समझ कर बताते रहना।

मंजू ने अपने ही खर्चे से मृत्युंजय मंत्र का जाप, पाठ भी कराया।

जब सहेली का चेहरा मंजू ने पीला पड़ता देखा, तो उसने चुप्पी ही साध ली, बस होंठों से कुछ प्रार्थनाएं बुदबुदाती रहती थी। लगता कि वाचालपन उसकी जबान से विधाता ने मानो छीन लिया हो।

आगे क्या भयावह होगा, इसका अंदाजा उसे होने लग गया था।

सहेली जब कभी आंख खोलती, तो मंजू को देखकर उसकी आंखों में चमक और बेबसी, दोनों दिखलाई पड़ने लगती। मंजू उससे कहने लगती कि अरी ओ, जल्दी ठीक हो, बाहर की बेंच में बैठकर तुझसे बातें किए तो जमाना हो गया है, और कुछ आसपास वालों के किस्से भी सुनाने लग जाती।

दोनों की पहले की और अब की बातों में फर्क यही आया था कि एक के द्वारा बातों को सुना नहीं जाता था, न ही उस पर पर कुछ कहा जाता था।

मंजू उपरी तौर पर अपना व्यवहार दमदार बनाए रखती, लेकिन अंदर ही अंदर उसका दिल ऐसे हालात के जारी रहने से डूबने लग जाता।

उस काली रात,मंजू के लिए,के दो बजे जब सहेली के जाने की खबर मिलने पर, सहेली के घर बदहवासी की हालत में वो पहुंची तो सहेली का चेहरा बिल्कुल शांत, आंखें बंद देखकर निशब्द सी हो गई। पहली बार उसके आने पर सहेली ने कोई प्रतिक्रिया नहीं दी।

लोग कहते भी रहते हैं कि रात में किसी के जाने की खबर मिलने पर सदमा कुछ ज्यादा गहरा सा लगता है।

उसे विश्वास नहीं हो पा रहा था कि उसके सहेली के खूबसूरत दिल ने धड़कना बंद कर दिया है।

मंजू लेटी पड़ी सुशीला की तरफ झुकी, फिर रुक गई,कहना चाह रही थी कि सुशीला बातें कर मुझसे, उन बातों पर हंस, मुझे बातूनी, लेकिन अपने वाले तारीफ के अंदाज में, कह न। काफी देर तक वो सुशीला के सिरहाने ही बैठी रही।

तुम बन जाओ सांस आखिरी
मैं जीवन बन जाऊं
जीवन से सांसों का रिश्ता
मैं न भूलूंगी
उन बातो को,
उन कसमों को
इस रिश्ते नाते को
मैं न भूलूंगी

मंजू रोई नहीं, बस बार बार सहेली के चेहरे को टुक-टुक सी देखने लग जाती ।

आंखों में आंसू नहीं हैं तो इसका मतलब यह नहीं होता कि अंदर टीस, पीड़ा, कसक नहीं है...

आंखें उसकी बंजर सूखी जमीन सी हो गई, जहां बीते कितने ही लम्हें मंजू की आंखों के सामने से एक के बाद एक गुजरने लगे, लेकिन कैक्टस के फूलों में हाथ घुसाने की तरह ही।

रात में ही घर में, आसपास वाले भी आने लगे । सुशीला के पार्थिव शरीर को बिस्तर से उठाकर बैठक में लिटा कर रख दिया गया। इस सबके बीच मंजू, मनीष, विनोद दोनों को अपने घर ले आई। संगीता को और पति मुकुलनाथ को दोनों बच्चों पर नजर रखने, और उनकी देखभाल करने को भी कहा। सुबह सहेली

श्मशान घाट की तरफ चली गई। मंजू ने उस प्रस्थान को तब तक देखा, जब तक बस, और उसकी छत पर सफेद कपड़ों में लिपटी सहेली उसकी नज़रों से ओझल नहीं हुई।दरवाजे पर यूं देर तक खड़ी रही, जैसे सुशीला ने श्मशान के लिए जाते जाते, उससे लौट कर आने का वादा किया हो। काफी देर जब मुकुलनाथ जी ने उसे जबरदस्ती घर के अंदर लाकर सोफे पर बिठाया। पानी का ग्लास भी मंजू के लिए लेकर आ गए। मंजू ने ग्लास को कांपते हाथों में लिया, लेकिन ग्लास उसके मुंह तक पहुंचता, उससे पहले ही उसका फूट फूटकर रोना शुरू होगया। आंख से यूं आंसू बहने लगे, मानों कोई बांध टूट गया हो जैसे।

धीरे धीरे उसे समझ आने लगा गया कि अब ख्यालों, सपनों में, परछाई ही सहेली का अहसास दिलाती रहेंगी।

किसी प्रिय के चले जाने का दुख, एकदम से भरता तो नहीं है, कोई दूसरा दुख आकर ही,उससे जरुर तुरंत ध्यान हटा पाता है। दूसरा दुख कोई चाहता नहीं, इसलिए पहला दुख शनै शनै ही, विस्मृत हो पाता है।

उस काली रात के बाद से मंजू कभी भी बाहर वाली बेंच पर बैठी नहीं।सहेलियों की कभी इकलौती एक साथ स्टूडियो में खिंचाई गई फ़ोटो को अब एक सुंदर से फ्रेम में कैद कर दिया गया, जो मंजू के शयनकक्ष की दीवार में सुशोभित कर दी गई। कोई मंजू से अपरिचित, पूछता कि किसकी फोटो है,या फोटो उसकी बहन की है! तो प्रश्नकर्ता को जवाब प्रश्न में शामिल जानकारी की सहमति के संबंध में ही मिलता।

सहेली के जाने को मंजू ने अपनी सगी प्यारी बहन का जाना ही समझा । काफी समय तक कहीं से कोई बुलावा आता, तो यूं कहकर इंकार करती रही कि बहन दुनिया से गई है, कैसे आ सकती हूं। साथ ही साथ मंजू ने ठान लिया कि उसे अब दो घरों की जिम्मेदारी सम्हालनी है। मंजू काफी हद तक, कुछ दिनों तक ऐसा कुछ निभाती भी रही। उसने मनीष और विनोद से भी कहा कि उस घर वाली तुम्हारी मां अभी भी चौबीसों घंटे तुम्हारे साथ खड़ी, मौजूद है।

9

समय का मरहम

ताजे ताजे में पत्नी के चले जाने पर शंभु नाथजी अकेले में खूब रोया करते थे। पत्नी ने हर दिक्कत में उनका साथ जो दिया था। जब भी कोई समस्या उनके जीवन में आती, जीवन संगिनी अपने भोलेनाथ से प्रार्थनाएं करने लगती:- ॐ नमः पार्वती पतये हर हर महादेव..। फिर कहने लग जाती किसी भी दुख की हस्ती मेरे भोले बाबा का कृपा दृष्टि से बड़ी तो हो ही नहीं सकती। हर रोज प्रार्थना के अंत में आंखें बंद करके गाने लग जाती:-

कर्पूरगौरं करुणावतारं संसारसारं भुजगेन्द्रहारम्।
सदावसन्तं हृदयारविन्दे भवं भवानीसहितं नमामि

गृहस्वामिनी होने के नाते कोशिश यही करती थी कि हर महीने यह खुशखबरी शंभुनाथ जी को देती रहे कि घर के खर्चों से इस बार भी इतनी बचत कर ली। बैंक हमेशा उन्हें ताजा धुले,प्रेस किए कपड़ों में, और उनके पसंद के खाने टिफिन में भर कर ही भेजती।नये कपड़े पहले बच्चों, उनके लिए, तब कहीं जाकर अपने लिए भी कुछ लेने का सोचना।

शंभुनाथ जी ने विधुर का दर्जा पा लेने, और पीठ पीछे कुछ के द्वारा उन्हें रंडुवा कहे जाने के बावजूद, उस दिशा की तरफ चलने का निर्णय ले ही लिया कि जहां मां की जिम्मेदारी भी उन्हें निभानी पड़ेगी।

पिता के अलावा,मां की काफी सारी जिम्मेदारियां अपने दोनों बच्चों मनीष और विनोद के लिए निभाने के साथ साथ, उन्होंने अपने ध्यान, ज़िन्दगी जीने को को घर की चारदीवारी तक ही सीमित कर दिया।

सुशीला के महाप्रयाण के कुछ समय पश्चात शंभुनाथ जी का सस्पेंशन भी समाप्त हो गया, एरियर्स के साथ पिछला सारा बकाया मिल गया। उन्हें बैंक के द्वारा माफीनामा भी दिया गया, वो चाहते तो कई अधिकारियों, सहकर्मियों का कैरियर खत्म करवा, उन्हें जेल भी भिजवा सकते थे।

बैंक के चेयरमैन ने यहां उनसे बात करके, कुछ कंपनशेसन देकर,उनसे आगे कुछ यहां कार्यवाही करने के लिए मना सा किया, जिसके लिए शंभुनाथ जी ने लिखित में स्वीकृति भी दे दी। उनका कहना यही था कि मेरी सच्चाई, ईमानदारी प्रतिष्ठित हो गई, मेरी बेगुनाही सबित हो ही गई।

बैंक से उन्होंने बस इतना ही लिखित में लिया कि प्रोमोशन पाने के लिए उन्हें आउट आफ सिटी ट्रांसफर लेने की कंडीशन से नहीं गुजरना पड़ेगा, उनके सर्विस प्रोटोकॉल में यह कंडीशन लागू नहीं होगी।

शंभुनाथ जी दूसरी शादी के लिए कभी तैयार नहीं हुए।

सोचते यही थे कि दूसरी पत्नी, बच्चों के लिए जालिम ही साबित होती है। उन्होंने अपनी आसपास की दुनिया में कुछ ऐसा देखा, काफी कुछ सुना, उसके बाद से तो वो अंगद के पांव की तरह, दूसरी शादी नहीं करनी इस पर अडिग ही रहे।कहे जाने पर गर्दन को बांये, दांये हिलाने लग जाते ।

मंजू के परिवार के सहयोग से शंभुनाथ जी को मदद, सहारा तो बहुत मिला, किंतु उनको ये भी लगने लगा कि मंजू का इतना घर में घुलना मिलना ठीक नहीं। कारण कितने भी पवित्र हो, उसका इतना घर में नजर आना,देर रात तक रहना,कुछ अनकही

सी उन बातों को जन्म देने लग सकता है-जो दबी हुई जबान में कही तो, आधी जाती हैं, किंतु उनका विषैला प्रभाव संपूर्ण से भी ज्यादा रहता है।

सोच विचारने के पश्चात शंभुनाथ जी विधवा बुआ को उसकी ससुराल से अपने घर में ले आए। छोटी बहन को वैसे भी ससुराल में काफी तकलीफों का सामना करना पड़ रहा था।

बुआ कुछ समय तक घर में रही, बच्चों के लिए आधी मां बनकर घर को सम्हालती भी रही। कारण यही था कि बुआ के अपने बच्चे थे नहीं, भाई के बच्चे, उन्हें भाई के बच्चे ही समझ आते रहे। एक तरह से आया के आसपास का रोल ही निभा रही थी। बुआ इस घर में आने से पहले की जिंदगी को याद कर करके, अपनी इस वर्तमान वाली में भी दुखी सी रहती थी। खाना खिलाने, बाकी घर का काम करने के अलावा, भतीजों पर ममता का छिड़काव करने से अमूमन दूर ही रहती थी।

आगे चलकर शंभुनाथ जी ने बुआ की दूसरी शादी करवा दी। इस सद्कार्य से, अपनी छोटी सी दुनिया में,उन कुछ का मुंह भी बंद कर दिया जो घुमा फिरा कर कह दिया करते थे कि अपनी सहूलियत के लिए बहन का विधवा होना भी उन्हें रास आ रहा है ।

बुआ के चले जाने के बाद नौकरी, घर दोनों को पूरी तरह से ही सम्हालते रहे।घर के कामकाज जैसे खाना बनाना, झाड़ू पोंछा, कपड़े धोने, उनमें प्रैस करना, बच्चों को तैयार करना, उनके लिए टिफिन पैक करने सभी काम करने में पिताजी को महारथ हासिल हो चुकी थी।

यहां बगल में अच्छे, मददगार पड़ोसी होने, और बैंक में अच्छे बास के चलते उन्हें काफी सहायता भी मिलती रही।

जल्दी ही पिता ने बैंक का इंटर्नल प्रोमोशन एक्जाम भी क्वालीफाई कर लिया, नतीजा डेसिगनेशन सुधर गया, और कुछ सेलरी में भी बढ़ोतरी हो गई। इस बीच सुशीला के इंश्योरेंस का क्लेम भी मिल गया ।

इसके चलते एक कामवाली का भी घर में प्रवेश हो गया, जो सोच समझ कर एक वृद्ध महिला को ही रखा गया था। उसे पिता के द्वारा मौसी, और बच्चों के द्वारा बड़ी अम्मा कहकर ही पुकारा जाता। मौसी/बड़ी अम्मा की मौजूदगी के बावजूद पिताजी घर के कामों को निपटाने में अपनी भागीदारी निभाना जारी रखे थे। बच्चों के जन्मदिन भी घर में जैसे तैसे मना ही लिए जाते थे। यहां इंतजाम और जिम्मेदारियां बड़ी अम्मा और पड़ोस में रहने वाली मंजू मौसी के द्वारा ही सम्हाली जाती थी।

शंभुनाथ जी के घर में आना जाना काम कर दिए जाने के बावजूद मंजू का दिवंगत सहेली के परिवार से जुड़ाव, संपर्क हल्का नहीं हुआ। उसने शंभुनाथ जी की मनोस्थिति को सही मायनों में समझा, और नयी परिस्थिति को बड़ी आसानी के साथ स्वीकार करके, अपने करने में कुछ एडजस्टमेंट भी कर लिया।

मंजू का प्यार अक्सर, विनोद पर, मनीष के मुकाबले ज्यादा छलकने लगता था यह सब कुछ कहते , दोहराते हुए कि मेरे लिए, दुनिया में सबसे खास का, बिना मां वाला छोटा सा बाबू।मंजू के घर में कुछ भी खास बन रहा होता, विनोद, मनीष, शंभू नाथ जी को भी खाने के लिए न्यौता, न आने पर, घर में भिजवा कर खिला दिया जाता। कभी बड़ी अम्मा छुट्टियों पर चली जाती, शंभुनाथ का स्कूटर जब देर शाम तक घर पर पार्क किया नहीं दिखाई देता, बैंक में आडिट या ओवरटाइम के चलते, मंजू बच्चों से कहकर चली जाती, आज रात का खाना हमारे यहां खाओगे।

मनीष, विनोद के स्कूल में परीक्षाएं चलने पर मंजू मौसी, नहीं तो संगीता, दही चीनी उनके मुंह में देने के लिए, उनके स्कूल के लिए निकलने से पहले सुबह सुबह पहुंच जाती।

शंभुनाथ जी हमेशा मंजू को हाथ जोड़कर कहते रहते कि बहनजी आपके बिना मेरे घर में, बिन मां वाले बच्चों का लालन-पालन पोषण संभव ही नहीं हो पाता। मैं तो इन बच्चों के कारण ही जिंदगी जिए जा रहा हूं, और बच्चों को तुम्हारे कारण ही अच्छे ढंग से, कम कमियों के साथ, बड़ा कर पा रहा हूं। तुम इन बच्चों की यशोदा मैया के जैसी हो।

सुशीला के श्राद्ध के सारे कार्यक्रम, संस्कार मंजू की देखरेख में ही संपन्न होते।

दुनिया से जानेवाले, जाने चले जाते हैं कहाँ, कैसे ढूंढे कोई उनको, नहीं कदमों के भी निशां....

10
दो भाई

मनीष जहां पढ़ने में ठीक ठाक था, चतुर, सुजान भी उसे कहा जा सकता था। उसकी महत्वाकांक्षाएं, उनका कुछ अंश पा लेने पर मिलने वाली खुशियों काअहसास, उनके लिए उम्मीदों की मजबूती का बढ़ना, उसे व्यक्तिगत बातों, दुखों से पार पाने में मददगार साबित हो जाती थी।

वर्तमान से भी
कहीं हसी हैं
ख्वाब मेरी जिंदगी के
आज की खुशियों से परे हैं
मंजिलें और भी खुशी की
मैं देखता नहीं
कभी इधर उधर
बस अपनी इन मंज़िलो पर
रहती है मेरी नज़र

उसके यहां खोज, कोशिशों के फेर में उसने किसी विद्वान के कहे को पढ़ा- "जीवन में आगे बढ़ना है तो, अपनों से बेहतर के साथ जुड़े रहो।"

यहां बेहतरीन विचारों, बौद्धिकता की प्राप्ति के लिए इशारा किया गया था, किंतु मनीष ने इसे भौतिकता की कसौटी के आधार पर, समझ- ग्रहण करके, तुरंत फुरत में उस पर संपूर्ण रुप में अपने जीवन में अमल करना भी शुरू कर दिया।

मनीष को आगे बढ़ते रहना था, अपने वर्तमान के माहौल से और उपर उठना था। उसे यह समझ तो थी कि इसमें समय लगेगा लेकिन ध्यान केंद्रित, प्रयासरत अभी से रखना,रहना है, नींव अभी से तैयार करनी पड़ेगी। इसलिए अंग्रेजी बोलने मे प्रवीणता, एक्सेंट भी गोरों की तरह हो, इस पर भी जुटा रहता था।

मनीष कहीं भी जाता, बन ठन कर जाता। शिकाकाई बालों में लगाना,हल्दी, चंदन,दही चेहरे पर लगाना, इस साप्ताहिक रूप निखार कार्यक्रम को निभाने से चूकता नहीं था। बगल वाले नाई से भी दोस्ती कर ली कि बालों की सेटिंग, चेहरा पर फेसिअल कराने में उसकी जेब से ज्यादा कुछ न निकले, इसके लिए नाई के बच्चों को ट्यूशन देना भी उसने स्वीकार कर लिया।

पर्सनैल्टी डेवलपमेंट की बहुत फेमस किताब, *हाउ टू विन फ्रेंड्स एंड इन्फ्लुएंस पीपल* को अक्सर पढ़ते भी रहता। यहां और दूसरी किताबें भी उसके पढ़ने से गुजरती रहती।

मनीष रुतबे, पैसे, सभी मामलों में, आसपास, वर्तमान से बेहतर के साथ जुड़ा रहना चाहता था। चमक दमक वाले उसके टार्गेट रहते थे, अपने एम्स की प्राप्ति के लिए जरूरी, कैरियर नेटवर्किंग के लिए।

मनीष की इस अभिलाषा की कसौटी पर, उसको समझ आ रही राह पर, मंजू मौसी के परिवार वाल खरे नहीं उतरते थे, तो उसकी ख्वाबों वाली दुनिया में पहुंचने के लिए वो लोग उसके हमसफ़र, हमराही कैसे हो सकते थे।

मनीष का मंजू मौसी के परिवार से जुड़ाव रखने पर ज्यादा ध्यान जाता नही था, केंद्रित भी नहीं रहता था।

बस जहां तक काम चल जाए,एक औपचारिकता पूरी हो जाए, बस उतने तक कुछ करना ही, परिवार के साथ संबंधों को निभाने में मनीष करता। एक बार संगीता के मौसा जी विदेश से महकपुर आए तो उनके रौब-रुआब से प्रभावित होकर मनीष ने उनसे जरूर, काफी घुलने मिलने की कोशिश की, ताकि वो उनकी मदद, दया दृष्टि से विदेश जाकर बड़ा, पैसे वाला बड़ा आदमी बन जाए।

कोशिश उसकी रहती कि घर से बाहर वाली दुनिया में अपना कुछ इंप्रेशन वो छोड़े। किसी से कोई संबंध ऐसा बने, इतना कारगर सिद्ध हो कि कभी लंबी, ऊंची उड़ान भरने का मौका, उसे भी मिल जाए। इसलिए लव मैरिज भी, एक पैसे वाले घर की लड़की से करने में सफल भी रहा। यहां अपने होने वाले ससुर की हां पाने के लिए अपने बैडरूम में, पर्सनल लोन लेकर,वुडन फ्लोरिंग, अटैच्ड बाथरूम में बाथटब भी लगा लिया था कि जब वुड बी फादर इन ला,उसके घर आए तो उन्हें इतना तो समझ आने लग जाए कि बाकी घर जैसा भी है, बेटी को तो रहने में, अपने मौजूदा लाइफस्टाइल से ज्यादा डाउनवर्डस एडजस्टमेंट नहीं करना पड़ेगा।

विनोद परिवार में सबसे छोटा होने के कारण, और मां के उसके बहुत छोटी उम्र में ही,चले जाने के चलते, पढ़ाई , मेहनत, दुनिया के जीने के तरीकों को सीखने के प्रति लापरवाह, अनजान, अनिच्छुक सा रह गया।

मां की यादें, उसके लिए बस इतनी सी ही थी कि मां उसे मेरा प्यारा छोटू कहते हुए बहुत प्यार जताती थी। उसकी मालिश करते हुए उसे अपनी एक दूसरे से चिपकी हुए टांगों में बैठाकर उससे ढेर सारी बातें भी किया करती थी। रसोई में काम करते हुए, उसे बगल मे रखकर उसे कुछ बन रहे खाने का स्वाद भी कराती रहती थी।

मां की भूमिका एक बच्चे के जीवन में सबसे अहम होती है और दुनिया में माँ और बेटे के रिश्ते जैसा कोई रिश्ता दूसरा नहीं। दोनों एक ऐसा अनोखा, गहरा आत्मीय संबंध साझा करते हैं, जो शब्दों से परे होता है। यह ऐसा रिश्ता है जिसे शब्दों में बयां करना बेहद मुश्किल है, कविताओं में भी कुछ, अल्प ही व्यक्त हो पाता है।

उस को नहीं देखा हमने कभी पर इसकी ज़रूरत क्या होगी, ऐ माँ, ऐ माँ तेरी सूरत से अलग भगवान की सूरत क्या होगी, क्या होगी।

जो इंसान बचपन में मां के प्यार से जुदा रहता है वो दुनिया में अपने को मिसफिट, और जीने में कुछ कमी सी भी महसूस करता रहता है। कुछ अधूरापन, खालीपन जिंदगी में, उसे जिंदगी में कचोटता सा रहता है।

मां के ममता रुपी छांवदार पेड़ की छाया से वंचित रहने से उसका बचपन विलुप्त सा हो गया।

वो बचपन जहां औलाद का खेलने कूदने, हठ करने में ही दिन कटता है। उसकी कुछ इच्छाओं की पूर्ति में कमी रह जाने पर, मां के द्वारा, पिता पर जोर, दबाव, भावनात्मक दबाव डालकर, उन्हें पूरी करने की कोशिश की जाती है।

दुनिया में तो तिहाई खिलौने इसलिए नहीं बिकते की मां बाप उसे खरीदते हैं, इसलिए बिकते हैं कि औलाद के लिए मां बाप को उसे अपने बटुए की हैसियत से परे जाकर खरीदना ही पड़ता है, ध्यान में लाइए कि प्लेटफार्म पर खड़ी ट्रेन की खिड़की वाली सीट पर बैठा बच्चा, प्लेटफार्म पर घूम घूम कर खिलौने बेचने वाले के, उसकी वाली खिड़की पर खड़े रहकर, खिलोनों को दिखाकर, बजाकर, उस बच्चे को अपने मां बाप से, विशेषकर मां से, उंन खिलौनो को खरीदने के लिए मजबूर कर ही देता है।

सुबह सुबह उसके कपड़े, टिफिन, बैग चैक करने वाला कोई नहीं रहा। स्कूल से वापस आने पर मां उसे इंतजार करती नहीं मिलती,कोई उसका टिफिन चैक नहीं करता कि आज उसने टिफिन पूरा खाया था कि नही।

शाम को देर से आने पर उसके लिए यूं चिंता, प्यार जतलाने वाली मां नहीं.....

लुका चुप्पी बहुत हुयी
सामने आ जा ना

कहाँ कहाँ ढूँढा तुझे
थक गई है अब तेरी माँ
आजा साँझ हुई
मुझे तेरी फिकर हुई
धुंधला गई,
देख मेरी नज़र
तेरी राह ताके अंखियाँ
जाने कैसा कैसा होए जिया
धीरे धीरे आँगन उतरे अँधेरा,
मेरा दीप कहाँ
ढलके सूरज करे इशारा
चंदा तू है कहाँ
मेरे चंदा तू है कहाँ

उस के बचपन को, खिलौनों से कहीं ज्यादा मां के प्यार, ममता की जरूरत थी।पापा, बुआ ने भूख, प्यास कपड़ों की जरुरतों की पूर्ति तक ही,जाने अनजाने, अपने करने को, यहां तक ही सीमित करके रखा ।

मां की कमी को शिद्दत से भीतर ही भीतर महसूस करते हुए ,बचपन से गुजरे बिना, वो लड़कपन, जवानी की तरफ पहुंच गया। भीतर एक सूनापन, अधूरापन लिए हुए । काफी कुछ है, फिर भी एक कमी है, जो बरसों से महसूस होती चली आ रही है।

इस सब के फेर में विनोद अंतर्मुखी सा होता चला गया। स्वभाव से अपनी क्षमताओं के प्रति शंकालु, स्व इच्छाओं की अभिव्यक्ति में पीछे रहने वाला, टकरावों से बचने की कोशिशें तो किसी की गलत बात को भी मान लेना, अपने में ही सिमट कर रहने में सुकुन पाने वाला, ऐसा कुछ, ये सब ही उसके व्यक्तित्व में शामिल हो चुका था। मन में बहुत कुछ किसी बात, विषय पर, किंतु उस बात विषय पर कुछ कह, कर पाना, अपने चुनिंदा दोस्तों के अलावा, अन्यों के सामने, वो मौन, जड़वत सा रह जाता था।

भीतर कुछ है भी तो शब्दों, आचरण के द्वारा उसे कहने, छलकाने से तौबा।। इन सबके चलते उसका पढ़ाई में मन न लगना, एकाग्रता में कमी, और ज्यादातर साथ वालों से दूरी बनाए रखने जैसे लक्षण उसमें परिलक्षित होने लगे।

एक कालेज मेट ने इस पर कहा भी कि कोई गुनाह करो तो कोशिश यही रहनी चाहिए कि कोई गवाह न हो, और गवाह कोई हो भी तो, विनोद जैसा हो, जिसके द्वारा कुछ भी कह पाना, बता पाना पासीबल ही नहीं।

दोस्त भी उसके तीन चार ही,वो भी ऐसे कि समाज, आसपास के परिवेश में उनकी पहचान धुंधली, छोटी सी।

एक की परचून, जनरल स्टोर की दुकान, जो कहता यही रहता था कि धंधे में अब मार्जिन, आजकल की लड़कियों में वर्जिन नहीं रहा। आजकल का मर्द तो सेकंड हैंड सामान से ही जुड़ने को मज़बूर हो चुका है। कार फर्स्ट हैंड ले सकता है, लेकिन लड़की नहीं। आजकल किसी भी चांद पर नील आर्मस्ट्रांग बन कर पहुंच जाओ, किंतु स्योर नहीं हो सकते कि यहां पहला कदम रखने वाले हम ही हैं। दुकान पर आने वाली महिला, चाहे कुंवारी, शादीशुदा हो, उसके हिसाब से स्मार्ट, सुंदर होने पर, उन्हें उधार दे देने में, डिस्काउंट देने में चूकता नहीं था, और उसके बाद उनसे उधार की वसूली, वापसी तो भगवान या उसके दिल के हवाले ही रहती थी। उनसे एक मुस्कान मिल जाने को, वो अपने पैसे की वापसी समझ कर खुश हो जाता था। उपर वाले से प्रार्थना करता था कि कास्मेटिक, अंडर गारमेंट्स खरीदने वाली महिला ग्राहक ज्यादा आती रहें, और जब वो आए, तो दुकान में कोई दूसरे ग्राहक भी न हों।

अपनी इस आदत पर, एक शेर अक्सर सुनाता रहता था

जब देख के छिपते थे, अब देखते हैं छुप के
वो दौरे लड़कपन था, ये दौरे जवानी है

दूसरा छोटे मोटे स्तर पर ठेकेदारी करता था, और जे ई ने पैसा, शराब ,कबाब, शबाब की रिश्वत लेने के बाद भी पेमेंट नहीं कराई, इस पर कलपता भी रहता था।

तीसरा स्कूल में क्लर्क था, जो बहुत ज्यादा काम है,संडे को भी बुला लेते हैं, ऐसा रोना पीटा करते हुए. स्कूल के मैनेजमेंट पर गंदे गंदे शब्दों के मेलजोल से अपनी भड़ास निकालता रहता था। प्रिंसिपल मैम भी उसे हैरेस करने का कोई मौका चूकती नहीं थी, उसे सुबह सुबह जल्दी कहीं जाने के लिए कहना, शाम को जाते वक्त कोई काम सौंप देना, यह कहते हुए कि अर्जेंट है, खत्म करने के बाद ही जाना। स्कूल की लेडी प्रिंसिपल उससे इसलिए खफा रहती थी चूंकि वोअक्सर उनके किसी काम के लिए कहने पर नो इश्यू मैम कहता रहता, दोहराता रहता था। बाद में उसे पता चला कि प्रिंसिपल मैम का शादी के कई साल बाद भी कोई बच्चा नहीं है, कारण तो पतिदेव की बचपन की कुसंगतियां, और बुरी आदतें हैं, लेकिन लोग कमी उनमें समझते हैं, लेकिन वो दुनियादारी केलिहाज में कुछ कह, अपनी पोजीशन को स्पष्ट नहीं कर पाती।*यह दुख उनको इतना सालता है कि उसका नो इश्यू , मैम, उन्हें "नो इश्यू मैम " सुनाई पड़ता है।*

यह जानने के बाद उसने "नो इश्यू मैम" कहना बंद कर दिया।हालात यूं बदले कि उसका इंक्रीमेंट भी बहुत अच्छा हुआ, लेकिन अब उसे दिन के बजाय, रात को ही ज्यादातर काम करना पड़ता था। मेहनत वो तब भी कर रहा था, लेकिन भागम भाग अब ज्यादातर एक बैड के ईदगिर्द ही सिमट कर रह गई थी। फिर वो कुछ समय के बाद अकड़ कर बताने भी लगा कि प्रिंसिपल मैम, और वो शादी करने की प्लानिंग कर रहे हैं। शादी तो दोनों की हुई नहीं,लेकिन सुनने में यही आया प्रिंसिपल मैम और उनके हस्बैंड के तलाक की प्रोसिडिंग आपसी सहमति से स्टार्ट हो गई हैं।

कारण यही कि प्रिंसिपल मैम प्रीगनेंट थी, यह जानने के बाद हस्बैंड ने तलाक के लिए आगे बढ़ लेना ही ठीक समझा। उस दोस्त ने फिर से प्रिंसिपल मैम को गालियां देना शुरू कर दिया कि सिर्फ प्रीगनेंट होने, इसके आधार पर, अपने हस्बैंड से तलाक

उसकी सहमति से तुरंत पा लेने के लिए उसका इस्तेमाल किया।

वो दोस्त इसलिए ही उसके बन पाए,या लंबे समय तक टिके भी रह पाए, क्योंकि उनके साथ उसे अपने कमतर, नगण्य होने का अहसास कम होता था।

दूसरे वो लोग अपने चरित्र की कुछ दुर्बलताओं के बावजूद, उसके साथ दोस्ती का हक अदा करने में पीछे नहीं हटते थे। जब लोन सेटलमेंट के लिए कुछ मदद या जमानितयों की जरुरत पड़ी, इन दोस्तों ने कोई कमी नहीं छोड़ी। वो सभी पहले से चली आ रही उनकी दुनिया, उसके आगे भी ऐसे ही चलने, बने रहने में सुकुन,राहत पाते थे। उन्हें नया परिवेश, माहौल, बदलाव दिक्कतें पैदा करेगा, ऐसा ही समझ आता था। विनोद इनके साथ समय गुजारता तो था, लेकिन उनके गुणों, अवगुणों से, उसके मूल चाल, चरित्र चेहरे में कोई परिवर्तन नहीं आया। उनसे यही कहता रहता था कि महिलाओं, लड़कियों के लिए ऐसी सोच ठीक नहीं है, उसके दोस्त इस पर यही कहते थे कि क्यों हमें अभी से सत्तर साल बाद वाली ज़िन्दगी जीने के लिए कह रहा है। विनोदजी हम तेरी तरह महापुरुष नहीं, बल्कि संसार की मोहमाया, भोग से ग्रसित साधारण पुरुष हैं।

उसका अक्सर लोगों के द्वारा इस्तेमाल कर दिए जाने पर भी विनोद कुछ रोष या शिकायतें प्रकट नहीं करता था, वो अपने ख्यालों, सोचने में यूं सोच कर ही अपने को तसल्ली, दिलासा दिया करता।

एक आदत सी हो गई है चोट खाने की, भीगी हुई पलकों संग मुस्कुराने की,

इस फरेबी दुनियां में मुझे दुनियादारी नहीं आती, झूठ को सच साबित करने की मुझे कलाकारी नहीं आती, जिसमें सिर्फ मेरा हित हो मुझे ऐसी समझदारी नहीं आती, शायद में इसलिए ही पीछे हुं मुझे होशियारी नहीं आती !!!!

गम बहुत हैं,लेकिन खुलासा कौन करे,मुस्कुरा देता हूँ यू ही,अब तमाशा कौन करे

11

चांद तुम्हारा दिल, चांदनी मैं तुम्हारे लिए

संगीता, मंजू और मुकुलनाथ की इकलौती लड़की थी।

विनोद संगीता को बचपन से ही, तन या चेहरे वाली आँखों से देखता आ ही रहा था। दिल की आँखों से देखने का सिलसिला तो, बाद में शुरू हो पाया। अब इस जानकारी मिलने के बाद प्रश्न इस तरह के भी उमड़ने लगते हैं कि क्या ये दोनों एक ही स्कूल या कॉलेज में साथ साथ पढ़ने वाले थे?

उत्तर -नहीं, ऐसा तो नहीं।

क्या दोनों किसी कार्यालय में सहकर्मी थे, मतलब साथ-साथ काम करने वाले, आजकल की भाषा में कुलिग?

उत्तर -नहीं नहीं, ऐसा भी नहीं।

इंटरनेट की दुनिया में मौजूद किसी सोशल मीडिया वाले प्लेटफार्म में दोनों का मिलना, जुलना जैसा चल रहा था क्या?

उत्तर -यह भी सच्चाई नहीं

किसी शायर के ख्याल की तरह -यूँ ही मिल गये थे, सरे राह चलते चलते,

उत्तर -नक्को, नक्को

दोनों या दोनों में से कोई एक बहुत सुंदर, सुदर्शन था?

इस प्रश्न पर उत्तर देना त्वरित नहीं हो पाता, क्योंकि सुंदरता के पैमाने समय, कालखंड के साथ बदलते रहते हैं।

वर्तमान समय में बाजार या फिल्मों के द्वारा सुंदरता को परिभाषित, प्रचलित करने का है, उन मापदंडों पर दोनों के ही शारीरिक गठन, रुप खरे नहीं उतरने वाले..

तो फिर ये विनोद की हृदय वाली आँखों से संगीता को देखने का सिलसिला क्यों, कैसे, किसलिए शुरू हो गया?

विनोद और संगीता के अव्यक्त, गुमनाम से रिश्ते को समझने से पहले दोनों की रिहायश की जगह, परिवार, विशेषकर माताओं के आपस के संबंधों की तह पाने की राह से गुजर चुके हैं।

ऐसा यहाँ इसलिए ही कि अक्सर प्रेम कहानियों में सिर्फ जोड़ो के बारे में ही बताया, लिखा जाता, या उन दोनों के संबंध में ही जानने, पढ़ने को मिलता है।

तोता मैना के रिश्तेदारों, उनके आसपास के परिवेश, जगहों के बारे में ज्यादा जानकारी नहीं मिलती। यदि कुछ बताया जाता है भी, तो वो सतही, या खानापूर्ति तक ही सीमित रहता है।

यहां इस लिखे में, जिसमें कुछ हद तक ही प्रेम कहानी का अंश है, ये अंश बहुत लघुतम रुप में है, और ये प्रेम कथा अपने लिए गूंगेपन, मौन, गुमनामी को भी धारण किए है।

अलग बात यहां यही कि जोड़ों के जिक्र के साथ, बल्कि उससे भी कहीं अधिक, उनके आसपास वालों को जानने की राह पर भी, लिखाई ले चल पड़ती है, इन तीसरे पक्ष के बिना, इस कहने की, बताए जाने की यात्रा में, अधूराप-फीकापन सा भी महसूस, कम या ज्यादा होने लग सकता है।

यहां कुछ के संबंध में बताया जा चुका है, बाकी कुछ के संबंध में आगे बताया जा रहा है। यूँ समझिये की कुछ को तो जान चुके, उनसे परिचित भी हो चुके, किंतु बहुत कुछ अन्य के बारे

में जान लेना अभी शेष है।

पुनः सचेत कर देना उचित रहेगा कि इस आगे लिखे में ओयो में रुम लिया जोड़े ने, ऐसा कोई लिखा जाना नहीं है।

इस रहस्योद्घाटन, फीकेपन की अग्रिम सूचना के बावजूद भी आगे पढ़ना स्वीकार है तो पाठक को साधुवाद देना, और पीठ थपथपाना भी बनता तो है ।

जरूर पढ़ना है आगे भी, ऐसी प्राप्त प्रतिक्रिया के फलस्वरूप, आगे बढ़ते हैं !

संगीता विनोद को क्यों भाती, लुभाने लगी गई थी, उसके लिए यह बता पाना, गणित के मुश्किल से सवाल के जवाब दे देने जैसा था।

किसी नर नारी के बीच प्रेम के बीज का अंकुरण क्यों होने लगता है, जिसे समझा तो जा सकता है, किंतु इस समझ लिए जाने को, किसी दूसरे को आंशिक रूप में तो समझाया जा सकता, किंतु संपूर्ण रुप में समझाया नहीं जा सकता।

किशोरावस्था में लड़के और लड़की के बीच में पैदा होने वाले ला आफ अट्रेक्शन, ऑक्सीटोसिन के पैदा होने के कारण, पैदा होने वाले खिंचाव, झुकाव के चलते संगीता, विनोद को आकर्षित करने लगी थी, नहीं ऐसा नहीं था।

मुख्य कारण इस होने के पीछे यही था कि किसी से खुद के महत्वपूर्ण होने, पसंद किए जाने के लगातार इशारे मिलें, और वो सच्चे से भी महसूस हो, तो चित उसकी तरफ खिंचने लगता ही है। आकर्षण जागृत करने लगता है, वो भले ही शारीरिक और व्यक्तित्व, दोनों ही मापदंडों मे, समानार्थी न भी हों।

चाहे वो बहता हुआ आवारा पानी, या रुका हुआ पानी, किंतु जो झील जैसा नहीं।

बस जैसे ही, महत्वपूर्ण समझता, पसंद करता है, की पुष्टि होती है, कई बार होती है, तो बहुत तेजी के साथ यह चित को अपनी गिरफ्त में लेने लगता है...खासकर जवानी में तो उस राह पर बहुत जल्दी चलाने, भगाने लगता है।

उसका लगाव, चाहत संगीता के लिए कुछ ऐसी अभिलाषा के रूप में था। यहां भावनात्मक आकर्षण ज्यादा था, बनिस्बत शारीरिक आकर्षण के।

हंसे कोई भोली-भाली
अपनी भी बातों में
किसी की कलाई आये
अपने भी हाथों में

भावनात्मक के पश्चात शारीरिक मोह भी उभरने लगा, जहां कुछ ऐसा लगा, तो उस पर प्रतिक्रिया भी, सात्विकता- पवित्रता के सम्मिश्रण में ही।

संगीता का कभी कभी, उस पर कमेंट पास कर देना,उलाहनें देना उसे मीठी मीठी चुभन सी, देने लगता।

उसका ख्याल उसके वर्तमान को महकाने लगता, जीवन में नवरंग घुलने लगे हैं, मन में ऐसी रंगीनी महसूस होने लगती।

विनोद का व्यक्तित्व ऐसा था जहां अपने ख्यालों में उसका व्यक्तित्व अलग बलशाली था, और वास्तविक दुनिया के सामने बिलकुल दूसरी तरह का, निष्क्रिय, बेजान, गूंगा निर्जन सा।

किसी से प्रभावित होता तो अपने वाली दुनिया में जाकर, उससे भी बेहतर खुद को देखना,और इसे बतलाना शुरू कर देता, यहां प्रस्तुतकर्ता,दर्शक, श्रोता, दाद देने वाला वो स्वयं ही होता।

उस दौरान अक्सर उसे खुद के द्वारा यह सुनने को भी मिलता

वो शाम कभी तो आएगी,जब वो मेरे बगलगीर होगी,जो मेरी जबान ही नहीं दिल की आवाज, धड़कन को भी सुन रही होगी।

उसकी प्रवृत्ति, उसे खुशी देने वाली इन बातें की, बाहरी अभिव्यक्ति करने से रोके रखती।

कुछ रिश्ते कुछ शब्दों के उच्चारण की ध्वनि से ही नहीं, बल्कि मौन से भी जन्म ले लेते हैं ..

संगीता के प्रति भी बहुत कुछ उसके भीतर ही भीतर सिमटा रहता, लेकिन उजागर कभी नहीं किया गया उसके द्वारा। बस उसे चुपके से देखता, आंखों उसकी जगमगाने लगती, आहें भी भरता, मधुर कल्पनाओं में डूबने भी लगता, लेकिन होंठों को सी कर, चेहरे को सपाट, आँखों में शालीनता, पवित्रता भरके रखता।

बहुत कुछ तुम से कहने की तमन्ना दिल में रखते हैं
मगर जब सामने आते हो तो कहना भूल जाते हैं
मुहब्बत में ज़ुबां चुप हो तो आँखें बात करतीं हैं
ये कह देती हैं वो बातें ,जो कहना भूल जाते हैं

वैसे संगीता को सुंदर नहीं कहा जा सकता था, रंग गोरे और सांवले के दरम्यान कहीं, या सांवली के निकट, तो उसकी त्वचा, गोरेपन या कानूनी तौर पर इसके लिए सुरक्षित, स्वीकृत शब्द "उजले पन" से काफी दूर कही जा सकती थी।

वो किसी गीतकार, शायर को कविता, गजल, झील में खिला कंवल, ऐसा कुछ लिखने के लिए उकसाने में असमर्थ।किसी छायावादी कवि को ऐसी प्रेरणा देने में संगीता की शारीरिक बनावट, रंग, रूप उत्प्रेरक का रोल अदा नहीं कर पाती कि उसकी कलम लिखने को मजबूर हो जाती

ये काम कमान भँवे तेरी,
पलकों के किनारे कजरारे
माथे पर सिंदूरी सूरज
हौंठों पे दहकते अंगारे
साया भी जो तेरा पड़ जाए
आबाद हो दिल का वीराना

पड़ोस में रहने वाले किसी आशिक दिल ने ऐसे नहीं गाने लग जाना था कि मेरे सामने वाली खिड़की में, एक चांद सा टुकड़ा रहता है, या अपने दोस्तों के सामने, उसके बारे में ऐसा बताते हुए धौंस नहीं जमानी थी:- *सुबह के खवाब से उड़ाई है, परी है वो,परी की कहानियाँ सुनाती है।*

परिवार की सीमित आय के कारण, ब्रांडेड कपड़ों, फैशन को अपनाना, सजाने, संवरने के माडर्न तरीकों से जुड़ा रह पाना, संगीता के लिए संभव नहीं रह पाता था। सर्वप्रथम कपड़े शरीर को संपूर्ण रुप में ढकने वाले होने चाहिए, मां की इस बंदिश के साथ साथ, कपड़े इत्यादि के उसके लिए खरीदने पर, कीमत का अंकुश भी लगा रहता था।

जब चश्मा भी पहना उसने तो, उसने आदत, परंपरा के चलते, चश्मे का डिजाइन देखने में साधारण से भी कमतर वाला पसंद किया। चश्मे बेचने वाले दुकानदार के लाख उकसाने की कोशिशों के बावजूद, जहां बार बार उसका यही कहे जाना कि आजकल लड़कियां तो कहां ऐसा डिजाइन वाला चश्मा पहनती हैं, अप्रत्यक्ष तौर पर ये तो बहनजी टाइप की लड़कियों का चश्मा है, जिन्हें "चश्मिश" कहा जाता है।

आसपास, स्कूल, कालेज,मुहल्ले के लड़के उसके बजाए दूसरी लड़कियों पर तो फब्तियां कसते, वो अमूमन छींटाकशी, कपड़ों का एक्सरे, अल्ट्रासाउंड करने को तत्पर कामुक नज़रों से बची ही रहती ।

"तुम पे हजारों की आंखें", ऐसा उसके लिए कहने वाला कोई नहीं।

उसका किसी और का प्यार होना तो दूर की बात, वो किसी की नजरों का कुछ क्षणों के लिए केंद्र भी नहीं बन पाती थी। यहां रोज का किस्सा उसके लिए ऐसा ही था

किसी ने भी तो न देखा
निगाह भरके मुझे
गया फिरा आज का दिन भी
उदास करके मुझे

आस पड़ोस के सामान्य पुरूषों या कुछ आवारा प्रवृत्ति के लड़कों, गैर आवारा पुरुषों के द्वारा भी उसकी लगातार, नियमित अवहेलना, उसके पास से गुजरने को, संज्ञान में न लेने, *तौबा ये मतवाली चाल, झुक जाए फूलों की डाल, चाँद और सूरज आकर माँगें, तुझसे रंग-ए-जमाल,* ऐसे गाने न गुनगुनाने के चलते, पारिवारिक माहौल के कारण,संगीता के जीवन में अपने निखार, ड्रेसिंग के प्रति उदासीनता घुलती चली गई।

सजने संवरने से वो भले ही दूरी बनाकर रखती, लेकिन किसी उस के लिए सपने कभी कभी जरूर देख लेती थी।

ओ मेरे सपनों के सौदागर
तुझको मुझसे हैं प्यार अगर
तोह चल मेरे संग चल चल
मेरे संग आ और मेरे संग गा

इस तरह के गीतों को सुनती, गुनगुनाती भी थी, लेकिन नितांत,अकेले में ही।

वहां ऐसा कुछ ही सोचने, या चाहने भी लग जाना कि ऐसा कुछ उसके साथ भी घटित होगा। रंगीन, सुनहरे ख्यालों के इस

हद तक चले जाने पर, अंकुश भी उनमें उचित वक्त पर लगाना जानती थी। रंगीन, सुनहरे सपनों को देखना तक तो उसके लिए ठीक था, लेकिन उनके असली जीवन में साकार हो जाने की उम्मीदें पालने भी लग जाना, *न बाबा न।*

सपने जब तक सपनों की औकात में रहे, तब तक ही ठीक.....

संगीता अपने जीवन, सामाजिक माहौल, पारिवारिक पृष्ठभूमि की अन्य वास्तविकताओं से भी परिचित थी, और पसंद, नापसंदगी के बावजूद, जीवन को जीना तो ऐसे ही पड़ेगा, इस सोच पर अमल करने पर, किसी उलझन से दूर भी रहती थी। इस समझ से वाकिफ थी कि सपनों और जिंदगी के मध्य चुनाव करना पड़े तो असल जिंदगी का चयन , या उनके अनुसार ही जीवन को जीने का निर्धारण, पालन किया जाना चाहिए।

अपने जैसे रूप, सौंदर्य के संबंध मे, और उनके लिए समाज के पूर्वाग्रह वाले दृष्टिकोण से अनजान नहीं थी, और इसको समझने के लिए गहराई वाले दृष्टिकोण, इनके पीछे के कारणों को जानने से अपरिचित भी नहीं थी।

समाज की इस मनोस्थिति पर, उसने महिला दिवस पर, कुछ गूगल में ढूंढ ढांढ करने के बाद, अपना भी कुछ उसमें सम्मिलित करके, एक महिला कल्याण संस्था को कुछ लिख कर दिया था। लिखे के लिए उसे पुरस्कृत भी किया गया था।

शायद ही कभी कोई ऐसी प्रेम कहानी लिखी गई जिसमे नायक , नायिका से कहता है कि तुम काली हो, इतनी ज्यादा हो कि, मैं तुम्हारे प्यार में पागल हो गया हूं। ब्लैक ब्यूटी कहने, सुनाने में तो अच्छा लगता है, किंतु अपने लिए ऐसा न सुनने को मिले, तो ही ईश्वर को हम कृपालु समझेंगे।

उस श्याम वर्णा के लिए कोई कहता नहीं कि सब कुछ लुटा दूंगा तुम्हारी चाहत के लिए, प्राणों का अपर्ण भी सहर्ष कर दूंगा। वो चाहोगी तो चांद तारे भी तोड़ लाऊंगा। यूं शायरी नहीं करता कि

हां तुम बिल्कुल वैसी हो, जैसा मैंने सोचा था।

फिल्मों में तो पचास गुंडों से अकेले लड़ जाता है हीरो, लेकिन सिर्फ गोरी, चिट्टी, ब्यूटी पार्लर के कारनामों से सुशोभित,फैशनेबल कपड़े पहनने वाली हीरोइन को पाने के लिए।यदि साधारण, सांवली,काली स्त्री होती तो क्या तब भी उसके लिए वो समाज, असामाजिक तत्वों से लड़ता ? उसे पाने के लिए इतना सब करता ? ज्यादा से ज्यादा सौ नंबर पर फोन लगा लेता, या उसे महिला आयोग जाने की सलाह दे देता। ऐसा होने पर साहिर लुधियानवी के लिखे को कोट करने लग जाएगा औरत ने जनम दिया मर्दों को, मर्दों ने उसे बाज़ार दिया,जब जी चाहा मसला कुचला, जब जी चाहा दुत्कार दिया

जबानी अफसोस तो प्रकट कर सकता है, मदद नहीं

हमारी फिल्मों ने और बहुत कुछ भी किया।हमें यही बताया की ये चांद सा रोशन चेहरा, जुल्फो का रंग सुनहरा, चंदन सा बदन, चांदी जैसा रंग है तेरा, मुखड़ा चांद का टुकड़ा,गोरे गोरे मुखड़े पे काला काला चश्मा। मैट्रीमोनियल साईट्स में भी लड़की का स्किन कलर फेयर मेंशन लिखा जाता है,सांवला शायद ही लिखा जाता हो ,काला , काली तो हर्गिज भी नहीं।

बस यही सब ही हमारे सामने परोसा जाता रहा है, आगे भी ऐसा ही चलते रहना है। इन सब कारणों से ही ब्यूटी पार्लर, कास्मेटिक, फैंसी कपड़ों का बिजनेस बड़ा बहुत बड़ा होता जा रहा है ।

मैं भी यदि इस लिखे के साथ अपनी तस्वीर भी लगाऊं, तो संभावनाएं प्रबल हैं कि इस लिखाई के योग्य होने पर भी, इस लिखे को दरकिनार कर दिया जाए।

संगीता सोशल मीडिया का हिस्सा भी बनी, कुछ सहेलियों के कहने, बार बार जोर देने पर उसने फेसबुक, इंस्टाग्राम पर अकाउंट तो बनाया, लेकिन वहां टिकी न रह सकी। फिल्टर करके फोटोएं उसने वहां नहीं लगाई या कुछ जूसी पोस्टों को पोस्ट या शेयर

करना या उनमें कमेंट करना, ये सब कर नहीं सकी।उसके साथ की कुछ ने पहले उसे इशारों में, फिर साफ साफ कहना भी शुरू कर दिया कि तुम हमारी पोस्ट लाइक, शेयर करो। कुछ दिनों तक नेट वाली दुनिया में सुबह नहीं तो शाम को, इस तरह कुछ देर वाला वाला ,जाना लगा रहा, फिर वो भी बंद सा हो गया। समझ यही आया कि यहां सूरत, भड़कीले, शरारतपन पर मिटने वाले ही हैं। कुदरती सुंदर है तो उसे बार बार अलग अलग चमकीले, भड़कीले रंगों में दिखाते रहो, नहीं हैं तो फिल्टर इत्यादि की मदद लेते रहो। वहां आदर्शवादी जीवन जी रहे हैं, ऐसा दिखावटीपन बड़ा छाया रहता है। इस ढोंग के प्रचलन के कारण दूसरे लोगों को लगने लगता है, उनका जीवन इतना आदर्शवादी नहीं है, इस कारण अपने प्रति नकारत्मकता जन्म लेने लगती है । वास्तव जीवन में तो नहीं, किंतु सोशल मीडिया पर जरुर खुद को आदर्शवादी दिखलाने लग जाते हैं स्त्रीवादी, पर्यावरण प्रेमी, वोक सपोर्टर, एनिमल लवर फेमिली मैन, ऐसे कृत्रिम आवरणों के साथ, खुद को वहां प्रस्तुत करना शुरू कर देते हैं ।इसके अलावा उनके अंदर ये असुरक्षा की भावना भी जगह जमाने लगती है कि यदि वे यहां समय नहीं देंगे तो कुछ जरूरी उनसे छूट जाना है (Fear of Missing out)। दूसरा भय लाइक, कमेंट कम होने का रहता है, तो वो ही लिखते हैं, जिस पर लाइक, कमेंट ज्यादा मिले, भले ही वो लिखा जाना सच्चाई, से कोसों दूर हो।

सोशल मीडिया की एल्गोरिदम (algorithm) ऐसी है कि इंसान वास्तविक दुनिया, आसपास वालों से दूर रहकर, इस आभासी दुनिया में ही जीना शुरू कर दे।

संगीता और विनोद दोनों ही बचपन से एक दूसरे के घरों में आना जाना किया करते थे, लेकिन इससे ही क्या किस्सा ए तोता मैना शुरू हो जाता है!!

पड़ोस में आने जाने से ही प्रेम कहानियां पनपने लगती, तो ज्यादातर शादियों की बारातें बगल वाले घर तक ही जाया या आया करती।

मां के कहने पर,दोनों भाईयों को, घर पर आने के लिए कहना, उन्हें कुछ देना,अक्सर इसे संगीता के द्वारा ही अंजाम दिया जाता।इस सब के दौरान मनीष को भय्या कह दिया जाता, विनोद को हमेशा नाम लेकर ही पुकारा जाता।

संगीता जब भी उसका नाम पुकारती विनोद के मन में एक शेर गूंजने लगता - हालांकि पुकारा था, तुम्ही ने मुझे लेकिन, महसूस हुआ जैसे, कोयल ने पुकारा है

बातें विनोद और उसके बीच ज्यादा नहीं हुआ करती थी। संगीता ही कभी कभार कुछ होंठों को हिला दिया करती थी, उस कुछ में,कभी कभार, विनोद की टांग खिंचाई भी कर दी जाती थी। उन दोनों के अकेले में आमने-सामने होने पर उसे "सिमट्टू" कहकर ही पुकारती थी।

संगीता ने विनोद को नजर-अंदाज कभी भी नहीं किया, उसके पारिवारिक, व्यवसायिक, सामाजिक जीवन में नाकामयाबियों, उसके वहां अक्सर शून्य साबित होते रहने के बावजूद। उसके महत्वपूर्ण होने के भाव को अपने उसके प्रति व्यवहार में शामिल रखा, चाहे वो पड़ोस का लड़का, जैसा समझ, नजर आ रहा हो। तब भी, जब कुछ और, समझ आने लगता था, उसके व्यवहार में कोई परिवर्तन नहीं।

विनोद की आंखें लंबी, पलकें गहरी सी थी, जिसमें संगीता को गंभीरता, गहराई, एक अलग सा सुकुन नजर आता। एक बार वो गागल्स पहने हुए था, संगीता ने कहा "सिमट्टू तुम चश्मा लगाकर क्यों अपनी असली दौलत छुपाने लग जाते हो।"

दोनों की उम्र में दो साल का अंतर था, लेकिन संगीता उससे कह देती थी कि दिमाग, समझ के मामले में तो वो ही विनोद से बड़ी है। ऐसी खिंचाई पर विनोद सिर्फ मुस्कुरा करा कर रह जाता था, अपनी तरफ से कुछ कहता, प्रतिवाद नहीं करता था।

संगीता को डांस का बहुत शौक था। एक बार विनोद अपनी मंजू मौसी के घर में, कोई सामान देने के लिए घुसा ही था कि उसे मंजू मौसी, और मुकुल मौसाजी घर से कहीं बाहर जाने के

लिए निकलते दिखाई दिए । मौसी ने उसके नमस्ते का जवाब हमेशा की तरह "जीते रहो" कहकर दिया, और उससे कहा कि सामान अंदर संगीता को दे देना, मैंने और संगीता ने आज छोले भटूरे बनाए हैं , घर से खाकर ही जाना, मनीष, और भाई साहब के लिए वापसी में अपने साथ लेकर जाना।

विनोद ने अंदर संगीता को सामान दिया, छोले भटूरे भी खा लिए, और फिर वापस जाने के लिए मुड़ा ही था कि संगीता ने उससे बहुत प्यार के साथ कहा कि:- "लो जी, हमारे सिमटू जी किसके, खाया पिया और खिसके। बट आज सिमटू को इस खाए पिए के बदले में, एक हैल्प करनी पड़ेगी।"

उसने बिना पूछे कैसी हैल्प चाहिए होंगी, तुरंत हां कह दिया। संगीता ने इस पर मुस्कुराते हुए कहा:- "दैटस लाइक ए गुड बाय।"

फिर उसको टीवी पर एक पुरानी हिंदी फिल्म *हाउस नंबर फोर्टी फोर* का एक गाना दिखाया, जिसमें वो हीरो को तो पहचान पाया, हीरोइन के बारे में जानकारी उसे संगीता ने दी कि इसका नाम कल्पना कार्तिक है,ये सिर्फ देव आनंद की फिल्मों में ही हीरोइन रही, और असल जिंदगी में देव आनंद की पत्नी भी बन गईं थी। गाना देखा तो उसे पहली बार में इतना ही समझ आया कि पूरे गाने में हीरोइन, कल्पना कार्तिक, गाना गाते हुए, गाने में देव आनंद को कुछ प्यार भरे इंस्ट्रक्शन देते हुए, बहुत शरारतें, मस्ती के साथ एक पहाड़ की घाटी में इधर उधर भागते हुए डांस या फुदुकना कर रही है। हीरो देव आनंद उसके पीछे पीछे चलते हुए, हीरोइन कल्पना कार्तिक के कहे के लिए बस "हो हो", "आहा हा" कहते हुए,इस तरह से अपनी रजामंदी उसकी बातों को मानने के लिए, दिए भी जा रहा है।

संगीता ने उसे आगे बताया कि महिला सशक्तिकरण पर एक कार्यक्रम में उसने भी अपने नृत्य की प्रस्तुति गायन के साथ देनी है। उद्देश्य यही है कि हमारे पुराने हिंदी फिल्मों में भी ,औरतों को पुरुषों से मजबूत, उनके बराबर, और अपनी बातों को भी अपने हिसाब से, उनसे मनवाते हुए दिखाया गया है, इस के लिए इस गीत को प्रस्तुत करना है।

संगीता की एक सहेली ने आज की प्रेक्टिस में देव आनंद के पार्ट को, उसके साथ अदा करना था, लेकिन वो अपने ब्वॉयफ्रेंड के बीमार पड़ जाने के कारण, उसके पास उसके रुम में उसे फिजीकल, मेंटल, और इमोशनल सपोर्ट देने चली गई। इस लिए भी आनन फानन सब कुछ छोड़ छाड़ कर, तुरंत ब्वॉयफ्रेंड के पास भागी क्योंकि उसे ये गिल्टी हुई कि कुछ दिनों पहले करवा चौथ के व्रत के दिन, उसने अपने एक्स बॉयफ्रेंड के जोर देने पर बियर पी ली थी, उसे लगा कि उसके बियर पी लेने के कारण ही उसके प्रेजेंट वाले ब्वायफ़्रेंड की तबियत ख़राब हुई होगी।

संगीता को इस न आ सकने के बारे में बताया भी रिहर्सल के टाईम के शुरू होने से आधा घंटे पहले, क्योंकि उसके ब्वायफ़्रेंड ने उसे काफी देर तक, उसके रुम में उसके पहुंचने पर, उसे दूसरा कुछ, करने ही नहीं दिया, जैसे ही तथाकथित बीमार ब्वायफ़्रेंड के चंगुल से उसे मुक्ति मिली, सांस में सांस आई, तब कहीं जाकर वो उसे फोन कर पाई कि आज रिहर्सल के लिए नहीं आ पाऊंगी । साथ में यह भी बताया कि उसके ब्वायफ़्रेंड ने उससे झूठ बोला था कि उसकी तबीयत खराब , और वो वीकनेस महसूस कर रहा है," संगीता यू नो ही वज बिहैविंग लाइक ए बुल इन चाइना शाप । संगीता ये सारे ब्वायफ़्रेंड इतना झूठ क्यों बोलते हैं, मेरा इससे पहले वाला भी बहुत झूठ बोलता रहता था।"

संगीता ने उसे रिहर्सल पर न आने के लिए कम, लेकिन ब्वायफ़्रेंड के चक्करों में फंसे रहने के लिए बहुत कुछ कडुवा सुना डाला।संगीता ने विनोद को खैर इतना ही बताया कि उसकी एक सहेली किसी फेमिली इमरजेंसी के चलते रिहर्सल के लिए आ नहीं पा रही,इस कारणवश संगीता को उसकी हैल्प, उसे इस तरह खड़े पैर, पाने के लिए, कहना पड़ रहा है।

संगीता ने उसे एक पेज पकड़ा दिया, जिसमें गाने के बोल थे, और यह भी दर्ज था कि गाने में किस लाइन के बाद उसने होहो, आहा हा करना है। संगीता ने यह भी कहा कि सिमटू को तो आज उसने, हिंदी फिल्मों के सबसे बड़े रोमांटिक हीरो, देव आनंद बना दिया, देना है।

अब संगीता ने गाने के साथ डांस भी शुरू कर दिया

संगीता (उसके आगे भागते हुए)-

पीछे पीछे आ कर,
छू लो हमें,
पा कर छुप छुप जाना हो
विनोद -ओ हो
संगीता -ओ हो
विनोद - हा हा
संगीता -देखो न बाबूजी दायें बायें
विनोद -ओहो हो
संगीता -पाँव कहीं उलझ न जाएं
विनोद -आ हा हा
संगीता -चाहत के रस्ते में फेर बड़े हैं ,गिरोगे फ़िसल के,चलना सम्भल के, छुप छुप जाना
विनोद -ओ हो
संगीता: ओ हो
विनोद हे: आ हा
संगीता: आ पीछे पीछे आ कर ...

काफी देर तक इस गाने की प्रेक्टिस की गई, उसने शुरुआत में कई बार गलतियां भी की। संगीता उस छोटे से कमरे में ऐसे इधर उधर चलते हुए डांस कर रही थी कि जैसे वन में कोई हिरन, या काले बादलों को देखकर, अपने पंखों को फैला कर मोर फुदक फुदक कर, मचलते हुए, मन से स्वतः उत्सर्जित नृत्य कर रहा हो। कभी संगीता अपनी ठोडी में उंगली रख देती, दोनों हथेलियों को अपनी ठोडी के नीचे ले आती। कभी उंगलियों को घुमाने लगती, कभी दोनों बाहें ऊपर उठाकर, फिर उंगलियों को आगे पीछे करके उसे बुलाने लगती।गर्दन को बायें ,या दायें कंधे की तरफ झुकाकर आखों को बंद कर लेती। कभी कभी आगे चलते हुए, अचानक से पीछे मुड़कर अपनी आंखों और उंगलियों के द्वारा उसे कुछ कहने लग जाती। आंखों को बड़ी बड़ी करके घुमाने लग जाती, अपनी चुनरी को पकड़ कर कुछ मीठी शरारत करने लग जाती। जमीन पर पेट के बल लेट जाती, और अपने पैरों को आगे

पीछे करने लगी जाती, ऐसा उसने एक बार करने के बाद, फिर पायल को पहन कर पांवों को आगे पीछे किया। अब कमरे में उसकी पायल की आवाज भी गूंजने लगी। विनोद स्थितप्रज्ञ होकर अपनी तरफ से ओ ओ, हा हा करता रहा।

संगीता के रिहर्सल से कुछ संतुष्ट हो जाने के बाद वो घर वापस आया। अपने कमरे में लेट कर सोचने लगा कि उसने स्वर्ग लोक में स्थित इंद्रसभा में सुंदर, मोहिनी अप्सराओं के नृत्य के बारे में काफी कुछ पढ़ा तो था, अब उसे समझ आने लगा कि वहां का दृश्य, माहौल कैसा होता होगा।

संगीता के नाम के अलावा, संगीत भी उसके भीतर से यदा कदा छलकता रहता है, और जब छलकता है तो दर्शक एक रमणीय, मधुर, अविस्मरणीय अनुभव से गुजरने का आनंद उठाने लगता है ।ईश्वर की अनुकम्पा से वो इकलौता श्रोता, दर्शक था, उस प्राप्त आनंद के सामने, छोले भटूरे का स्वाद भी फीका पड़ गया था ।

पहली बार उसके दिल मे ये ख्याल आया कि पड़ोस में मंजू मौसी, मुकुल मौसाजी, और उन दोनों की इकलौती बेटी संगीता ही नहीं, कोई और भी रहती है, जिसका एक नया रुप, अंदाज, कुछ अदाओं से गुजरना, उनसे परिचित हो पाना, कुछ देर पहले ही उसके साथ संपन्न हुआ।

न जाने कैसी खूशबू है,
इन हवाओं में,
कि तुम नज़र नहीं आते,
पर रहते हो हर खयालों में

12

मुझे तुमसे मोहब्बत है, मगर मैं कह नहीं सकता

मर्द किसी औरत के प्रति अपनी चाहत को कितना ही दबाकर रखे, उस औरत को उस आकर्षण का अहसास होने, लग ही जाता है।

संगीता को भी महसूस होने लगा, यकीन आने लगा कि ये पड़ोस वाला, बचपन से साथ वाला लड़का उस पर ज्यादा ही ध्यान लगाए रहता है-चोरी छिपे, कनखियों से देखने के द्वारा।

कभी उड़ जाये कभी मंडराये
भेद जिया के खोले न
सामने आये नैन मिलाये
मुख देखे कुछ बोले न,
वो मुख देखे कुछ बोले न
भँवरा बड़ा नादान हाय ...

उसे निहारने का अहसास अभी तक किसी ने नहीं कराया था। हासिल हुआ तो पड़ोस से, और बहुत ही शालीनता के दायरे में।

संगीता अब उस नादान भंवरे से मिलने पर, एक अलग सी मनोदशा को धारण करने लग जाती थी।

ह्रदय में कुछ हिलोरे उमड़ने लगते, कुछ कुलांचे सा भरने लगता । कुछ ऐसी कल्पनाएं भी विचरण करने लगती, जहां कोई तो उसे राजकुमारी के तौर पर मानने वाला, और उसे ,दुनिया के बाकी सभी लड़कियों से, बेहतर समझता है।

इससे पहले तो संगीता उस मोर की तरह ही खुद को महसूस करती आई थी, जो नाचने को इसलिए ही तैयार नहीं, क्योंकि उसके नाच को देखने वाला कोई नहीं।

विनोद आने वाला है, ऐसा जान पड़ना,या उसकी आवाज सुनाई देती, उसकी निगाहों में चमक भरने लगती।अपने दिल के अब तक बुझा कर रखे हुए तारों में खनक सी उठने लगती ।

संगीता ने ये सुनिश्चित करने पर ध्यान लगाना शुरू कर दिया कि विनोद के उसके देखते रहने को, उसकी वजह से उनमें कोई व्यवधान न आए। जब भी विनोद के देखने को देख पाती, उसे बहुत कुछ मन की आँखों से देखने, सोचने से गुजरना पड़ता।

बहुत सारे शब्दों का जमावड़ा, सैकड़ों किताबों के पन्नों में छपा हुआ ,दिल के एक भाव को कह नहीं पाता, लेकिन चेहरे की एक मुस्कान, ठहरी, ठिठकी हुई नजर ,उस सबको या उससे भी ज्यादा बखूबी बयां कर देती है।

13

पहल-कुछ कह, कर जाना

मनीष की शादी में भी, जैसा कि अपेक्षित था कि पड़ोसी परिवार की अच्छी खासी या सबसे ज्यादा भागीदारी रही। मंगल स्नान में बान देने के समय मंजू बहुत रोई, शंभु नाथजी और संगीता के परिवार वाले ही इसके पीछे के कारण को समझ पाए।

मंगल स्नान में बान देने के बाद महिलाएं का दबदबा सा हो जाता है, जहां वो कुछ ज्यादा ही उन्मुक्त होकर हल्दी एक दूसरे को मलना, लगाना भी शुरू कर देती है, इसमें उनके शिकार स्त्री, पुरुष (यूनिसेक्स) दोनों ही होते हैं।

संगीता ने मंगल स्नान के बाद हल्दी विनोद को भी आस पास वाली भाभियों के साथ मिलकर लगाने का सोचा। भाभियों ने विनोद को हल्दी लगाने, कुछ छेड़छाड़ करने में दिलचस्पी नहीं दिखाई। विनोद ने आजतक कभी भी, किसी भाभी के साथ होली नहीं खेली थी, भाभियों ने जरुर उसके साथ खेली थी। विनोद के साथ एक सामाजिक समस्या यह भी थी कि उसके साथ कुछ कर दिए जाने पर वो कोई प्रतिक्रिया अमूमन नहीं देता, या दिखाता था।

विनोद की निष्क्रियता, जड़वत रहना भाभियों को उसके साथ देवर भाभी वाले व्यवहार से दूर रखने लगा। उन्हें लगता मुर्दे के साथ कुछ करना पड़ रहा है।

कालरा आंटी की बहू, अपनी साथ वालों की मंडली में कहती रहती थी कि विनोद जैसे बाकी मर्द भी हो जाए,तो दुनिया में औरतें रात के दो-दो बजे तक, और खुले, कम कपड़ों में भी,

बेफिक्र होकर, घूमती फिरती रह सकती हैं। ये तो बाकी दुनिया वालों से बिल्कुल उलट है। इसके साथ तो औरतों मर्दों के दुनिया के, दस्तूरों से कुछ अलग ही हो सकता है। हो सकता है हमारा बेचारा देवर विनोद ,कभी थाने में रपट लिखाने भी पहुंच जाए कि फलाने मुहल्ले की कमला, विमला ने उसकी अस्मत के साथ खिलवाड़ कर दिया (कमला विमला, बहु की ननदों के नाम थे, जिनसे उनकी पटती नहीं थी)।

मर्द संगत, अकेले, दोनों ही परिस्थितियों में फ़ूहड़ बातें कर सकता है, औरतों को इस सबके लिए, कुछ का साथ, संगत चाहिए होती है।

संगीता ने भी सोचा कि आज तो मौका भी है, दस्तूर भी है,इस सिमट्टू, निखट्टू को, जिसे कोई हल्दी मलने को तैयार नहीं, मैं तो लगा ही लेती हूं, याद रखेगा पट्टा।

लेकिन उसे हल्दी लगाने के लिए आते देखकर विनोद ने आंखें बंद कर ली, रेगिस्तान के शतुरमुर्ग की तरह ही, और आत्मसमर्पण जैसी मुद्रा में नजर सा आने लगा।

संगीता ने फिर रूक कर इतना ही कहाः- "ठीक है सिमट्टू, आज फिर तुम पर तरस खाकर छोड़ ही देते हैं।"

विनोद ने ये सुनकर आंखें खोल दी, और बेफिक्र होकर संगीता के पास से गुजरने लगा, अब संगीता ने पंजों के बल उचक कर एकदम से दोनों हथेलियों से, उसके चेहरे ,गाल नाक, कान, गले सब जगह हल्दी लगा ली। संगीता से ऐसा आकस्मिक स्पर्श पाकर विनोद भौंचक्का, स्तब्ध सा रह गया। पहली बार संगीता को उसने इतने पास से देखा, महसूस किया, उसने फिर से आंखें बंद कर ली, और लंबी लंबी सांसे लेने लगा, उसे पिसी हुई कच्ची हल्दी की गंध के साथ स्त्री देह की गंध का अनुभव भी होने लगा था ।

स्वयंमेव ही उसके दोनों हाथ,और चेहरा, जहां होठ कुछ गोल से होने चले थे, आगे या संगीता के चेहरे की तरफ बढ़ने से लगे, फिर उन पर पावर ब्रेक जैसे लगा दिए गए, विनोद की अंतर्चेतना, मूल प्रवृत्ति ने ही ।

संगीता भी ऐसा रियक्शन, बकरी से शेर वाला पाकर, कुछ क्षणों तक हैरान, सन्न सी रह गई। फिर उसने अपने को संभाला, अपनी बिखरी हुई चुनरी को ढंग से गले से सीने तक लपेटा। उसे ये भी ख्याल आया कि सिमट्रू में अभी कुछ देर पहले, उसे अपनी बाहों में भर लेने की हिम्मत आ गई थी, साथ में उसने ये भी कहना था कि संगीता ने आखिरकार मुझे असली मर्द बना ही डाला। एक मीठी सी ख़ुशी उसे हल्की, हल्की चूंटी सी काटने लगी।

औरतों को,अपने प्यार में कुछ जंगलीपन भी शामिल रखने वाले मर्द, ज्यादा भाते, लुभाते हैं

इस अहसास के कारण संगीता वर्तमान माहौल से दूर हो गई, कुछ क्षणों पहले हासिल ने, उसे उन गुलाबी कल्पनाओं के संसार में धकेल दिया, जहां मीठे स्पर्श, अनुभूतियां उसके अंदर स्पंदन पैदा किए जा रहे थे। उसका सोचना इन अहसासों को महसूस करने तक ही सीमित, केंद्रित रहने लगा।

वो आसपास की दुनिया वातावरण से उदासीन, परे हो गई थी।आज जो हासिल, महसूस उसे हुआ यह उसके जीवन का ऐसा पहला अहसास था।

उसकी सहेली पूनम ने उसे अपना वाला जैसा बताया था, संगीता को अपनी आज वाली अनुभूतियां, अहसास, पूनम वाले से बहुत अलग, जुदा, मर्यादित, नियंत्रित से भी लगे।

वो इसके बाद नहाने गई, तो पहले शीशे में अपने आपको देखना और सिमट्रू की आंखों में जो उसे नजर आया था,वो सब भी उसे नजर सा आने लगा।

सामने लगे शीशे में और भीतर वाले मन, दोनों में ही बहुत कुछ देखने लगी। पहले ऐसा ख्याल करने पर कुछ अपराध बोध सा उसके अंतर्मन में जागृत होने लगता था, आज वो सब जैसे कहीं उड़नछू हो गया था।

उसने स्नान किया तो इस दौरान लगता रहा कि कोई और भी उसके साथ है, जो उसके तन को,नख से शिख, तक निहारे

जा रहा है। उन पर मंडरा रही जल की बूंदों को सुबह की घास, पत्तियों पर मौजूद ओस की बूंदें समझ रहा है।

बस स्पर्श नहीं कर रहा, बस गाए जा रहा है, इतना निकट है उसके कि उसकी नरम सांसें उसके बदन को छुए जा रही हैं,

ये नाज़ुक होंठ हैं या आपस में दो लिपटी हुई कलियाँ
ज़रा इनको अलग कर दो, तरन्नुम फूट जायेंगे

जब उसने तौलिए के बालों पर धीमे प्रहार से, पानी को बालों से झटकना शुरू कर दिया, उसे लगा अब वो यूं गाने लगा

ना झटको ज़ुल्फ़ से पानी
ये मोती फूट जायेंगे
तुम्हारा कुछ न बिगड़ेगा
मगर दिल टूट जायेगा

लेकिन उसे इससे कोई आपत्ति, झिझक, झेंप नहीं। बल्कि वो उससे तो यूं ही कहना चाहती थी

मजबूर ये हालात, इधर भी है उधर भी
तन्हाई के ये आलम , इधर भी है उधर भी
कहने को बहुत कुछ है, मगर किससे कहें
हम कब तक यूँ ही खामोश रहें, और सहें हम
दिल कहता है दुनिया की हर इक रस्म उठा दें
दीवार जो हम दोनो में है, आज गिरा दें
क्यों दिल में सुलगते रहें, लोगों को बता दें
हां हमको मुहब्बत है, मोहब्बत है, मोहब्बत है
अब दिल में यही बात, इधर भी है, उधर भी

तभी दरवाजे के भड़भड़ाने की आवाज ने उसे ख्वाबों के जहां से

वर्तमान वाली कायनात में वापस लगा दिया। कोई कह रहा था कि:- "अरे संगीता जल्दी बाहर आ, आज डेरा क्या अंदर ही डालने का सोच रखा है।"

किसी ने मंजू मौसी से कहा कि कुंवारी बेटी यदि गुसलखाने में ज्यादा समय बिताने लगे कि तो समझ लेना चाहिए कि जल्द से जल्द उसके हाथ पीले करने का वक्त आ गया है।"

शाम को महिला संगीत हुआ, संगीता ने एक गाने पर डांस किया, गाना के कुछ बोल यूं थे

एक बात कहूँ, मेरे पिया, सुन ले अगर तू
जब दिल में नहीं पाप तो, फिर देर ना कर तू
छोटे से मेरे मन में है क्या, कह नहीं पाऊँ
मैं तो कह नहीं पाऊँ
कहते हुए शरमाऊँ, भला कैसे बताऊँ?
मैं कैसे बताऊँ?
सब कुछ है इन आँखों में, ज़रा देख इधर तू
ओ, पिया, देख इधर तू।

डांस का समापन इन शब्दों के साथ हुआ

दो नैनों के पनघट पे लगे प्यार के मेले
आँसू भी है, मुस्कान भी जो चाहे सो ले-ले
जो चाहे सो ले-ले
साजन, भरे बाज़ार से ख़ाली ना गुज़र तू

संगीता को उसके डांस की परफार्मेंस के लिए बहुत तारीफें मिली। विनोद से भी मिली, तब जब, दोनों के आसपास, कोई नहीं था ।

उसने-सब कुछ है इन आँखों में, ज़रा देख इधर तू,ओ, पिया, देख इधर तू, उसने गुनगुनाते हुए, फिर अपनी आंखों को बड़ा करके विनोद से पूछा कि मेरा डांस तुम्हें कैसा लगा। विनोद ने कहा कुछ नहीं ,नज़रों को बायें-दायें करते हुए कन्नी सी काटने लगा, ये कहते हुए कि पापा ने जरुरी काम सौंपे हुए हैं, पहले उनको निपटा लूं।

संगीता ने बिफरते हुए कहा:- "मैं मोर की तरह लहराई, दिल की कहने के लिए बीन भी सुनाई, इनके बारे में पूछने भी चली आई, एक गधे, सिमट्टू के सामने।"

विनोद - सुना, सही सुना, पाप तो नहीं है तुम्हारे लिए, मेरे मन, तन में कहीं कुछ भी कोई पाप जैसा नहीं। धीरे से कहकर उसके सामने से यूं गायब हुआ जैसे गधे के सर से सींग।

असलियत यही थी कि

भरे बाजार में सारी छूटे ग्राहक के लिए, वो चाहे तो मनचाही चीज खरीद सकता था, लेकिन खाली हाथ ही लौट गया, उसके दिल में कोई पाप, लोभ जो नहीं था।

14

वक्त, मिजाज भी करवट बदलता है

नौकरी के बाद संगीता के पास अपने उपर, अपने कमाए पैसों का उपयोग करने का अवसर भी मिलने लगा। जाब के लिए इंटरव्यू, पोस्ट इंटरव्यू टाक में भी, उसे बताया गया था जाब प्रोफाइल में उसे कुछ क्लायंट से आफिस के बाहर मिलने के लिए जाना पड़ेगा। कुछ ट्रेड एक्जीबिशनस में कंपनी का रिप्रेजेंटेटिव बनकर प्रेजेंट रहना पड़ेगा, तो संगीता को अपनी फार्मल ड्रेसिंग का भी ध्यान रखना पड़ेगा, कुछ अलाउंस भी दिए जायेंगे उसे इन सबके लिए। इंटरव्यू लेने वाली लेडीज एच आर ने उसके द्वारा ड्रेसिंग की आवश्यकता पर प्रश्न करने पर उससे कहा कि प्लीज अंडरस्टैंड दिस रियलिटी, दैट इन टुडेस कॉर्पोरेट वर्ल्ड, बहु, बहन बेटी बनकर आगे नहीं बढ़ा जा सकता।

कंपनी कंसलटैंसी बिजनेस में थी, और उसके क्लायंट पब्लिक और प्राइवेट सेक्टर दोनों से थे। कंपनी का थंबरूल यही था कि क्लांयंट से मिलते समय, कंपनी के रिप्रेजेंटेटिव को सेल्स टाक, फेस और ड्रेस तीनों से ही, क्लायंट को कंफर्ट, ईज के सुमधुर अहसास मिलते रहने चाहिए। क्लायंट की काल कैसे रिसीव करनी है, उसे प्रोडक्ट इंफोर्मेशन देते समय कैसे एक्टिवली इंगेज रखना, फिर क्लोजर कैसे करना है, थैंक्स कैसे लुभावने अंदाज आंखों , होठों में मुस्कराहट के साथ कहना कहना है। इन सब बातों, मैनर्स, एटीकेट्स पर कंपनी कुछ न कुछ ट्रेनिंग, प्रिंट, आडियो, वीडियो मैटेरियल अपने एम्प्लाइज को रेगुलरली प्रोवाइड कराती रहती थी।

कंपनी का एक इंपलाई मजाक में यूं भी कहता था कि हम अपने घर वालों, पैरेंट्स, पड़ोसियों ब्वायफ्रेंड, गर्लफ्रेंड से बदतमीजी से बात करने को स्वतंत्र हैं, किंतु अपने क्लाइंटस के साथ नक्कों। हम लोग यदि जल्लाद भी बन जाए, तो कैदी को इस अंदाज में फांसी के तख्ते पर चढ़ने के लिए कहना है कि वो खुद ही फांसी का फंदा, अपने गले में डालकर, फिर तख्ते पर हम लोगों को थैंक्स कहते हुए झूल भी जाए।

इसके अलावा कुछ डोनट्स भी - स्कर्ट्स आर ओ के विथ वैक्सिंग लेग्स, बट लेंथ शुड ऑलवेज रीमेन बिलो दी नी, ड्यूरिंग स्टैंडिंग, सिटींग, इन बोथ दी पोजीशन, एंड नो क्रॉस सिटींग (उन्हें किसी भी ड्रेस में क्रॉस लैग करके नहीं बैठना है), नैक के दो इंच नीचे बाद की स्किन नजर नहीं आनी चाहिए, कट स्लीव पहने तो ध्यान रहे की आर्म पिट्स नहीं दिखने, दिखाए जाने चाहिए। *स्ट्रिक्टली नो एल्कोहल ड्रिंक्स, बेड स्टे, स्लीपिंग विथ क्लायंट, वैदर यू विन और लूज बिजनेस..*

सजना है मुझे जाब के लिए ,बैटर कैरिप्रास्पेक्टस के लिए

अब सजना,संवरना भी होने लगा, पहले थोड़ा, फिर थोड़े से भी ज्यादा। नौकरी के प्रोफाइल के लिए, अभी तक से, बिल्कुल अलग कपड़े, एक्सेसरीज भी खरीद लिए गए । जहां शीशे के सामने सिर्फ कंधी, बोरोलीन और डाबल आंवला तेल की शीशी हुआ करती थी, वहां अब फाउंडेशन, नेल पालिश, लिपिस्टिक,मस्करा, आई लाइनर ,ब्लश, हेयर ड्रायर, मेकअप ब्रशस,कास्मेटिक का दूसरा सामान भी अपनी जगह बना बैठा। शीशे के सामने, पहले के मैगी बनाने के दो मिनट से कहीं, काफी ज्यादा समय बीतने लगा। दर्पण के सामने सिर्फ खड़े होकर ही नहीं, बायें, दायें कंधे को सामने करके, इस तरह से भी खुद का अवलोकन करना शुरू हो गया। घर से जाब के लिए निकलने से पहले परफ्यूम की बाटल की नाब को प्रेस करने पर सू सू की गूंजने वाली आवाज, और कमरे का महक जाना, वीकडे में तो रोजमर्रा वाली बात हो गई थी ।

आदमी को तैयार होने के लिए नहाने धोने, कपड़े पहनने,और औरत को वहीं नहाना धोना, कपड़े पहनने (भले ही कम पहनने हों) और मेकअप भी करना पड़ता है, तो यदि वो लेट पहुंचती है तो इस बात को भी ध्यान में रखा जाना चाहिए।

दिन में मेकअप को टच-अप भी दिया जाने लगा।

सुबह वर्क के लिए निकलते समय मेकअप सलीके से करो, और दिन शाम तक उसे मेंटेन रखो, और रात को सोने से पहले रिमूव करो, ये सब संगीता की दिनचर्या का हिस्सा भी बन बैठा।

इसलिए समझदारों की महफ़िल में कहा जाता है कि वर्किंग इन्वायरनमेंट में ही देखी जाने वाली गर्ल, औरत की सुंदरता की असली समझ के लिए, उसे रात को सोने से पहले जरुर देखा लिया जाना चाहिए, नहीं तो ऐसा भी हो सकता है उससे प्यार आफिस आवर्स या आफिस में ही करने की इच्छा करें, जिसके कारण आफिस का एडमिन अनएथिकल कंडक्ट के लिए आपको नोटिस भी सर्व कर सकता है।

घर से सज धज कर निकलने पर घरवाले, आसपास के परिवार वाले भी ऐसा मानने लगे कि संगीता की नौकरी तो बढ़िया, धमाकेदार है। मंजू और मुकुल नाथ को लोग मिलने पर संगीता की तारीफें करने लग जाते कि आप दोनों की इकलौती संतान जीवन में बढ़िया कर रही है।

अब उसके आसपास वालों की आंखों के देखने, रुकने, ठहरने में परिवर्तन आने लग गया।

किरदार वही, किंतु उनका निहारना,घूरना उसे मिलने लगा। कहीं से गुजरती, तो लगता कि कुछ आंखें उसका पीछा करने लगी हैं, या कुछ बातें उसके संबंध में भी की जाने लगी हैं।संगीता खुद से, या पहले वाली संगीता को समझाती हुई कहती कि हर घूरना, निहारना बुरा नहीं होता। कुछ से अंदरुनी सुख भी मिलता है, बस उस वाली खुशी को मौन रूप में समझ कर, अपने भीतर ही कैद रखा जाता है। उसे उवाच, उगला नहीं जाता।

यदि कोई देखता है तो मन कहता है कि कमीना कैसे देखे, घूरे, ताड़े जा रहा है, नहीं देखता है तो कमीने को आज क्या हो गया, आंख फूट गई, कोई दूसरी बेहतर दिख गई कि आज एक नजर डालने की फुर्सत तक नहीं।

सादगी की तो गरिमा होती है, लेकिन चमक धमक से जो चकाचौंध होती है, वो भी आवश्यक रहती है।

ज़िंदगी जीने के लिए कभी-कभी स्वच्छंद होकर बहना, झूमना भी जरूरी हो जाता है, लेकिन उस हद तक ही जहां से आसानी से वापसी भी कर सकें, ये आटे में नमक मिलाने के अनुपात के माफिक ही रहे"

जिंदगी तो अदब और लिहाज के साथ ही गुजारनी चाहिए, लेकिन कुछ लम्हें गुस्ताखियों को भी दिए जाने चाहिए...

उसे महसूस होने लगा कि उसमें भी, कुछ तो है।सबके लिए तो नहीं, लेकिन कुछ के लिए तो, वो कुछ मायने रखता है, और एक बगल वाले के लिए तो सबसे ज्यादा।

विनोद ने संगीता को जब एक शादी में सजा संवरा देखा गया तो बहुत कुछ भूल कर ,उसे बस एकटक निहारता ही रह गया, जब संगीता मुस्कराई, तो उसके देखने का क्रम टूटा। बात को घुमाने के लिए उससे यूँ पूछ बैठा मंजू मौसी भी आई हैं, बजाए यह कहने के

तुम्हारे नर्म-ओ-नाज़ुक होंठ जिस दम मुस्कराते हैं बहारें झेंपतीं हैं, फूल खिलना भूल जाते हैं

संगीता भी उसकी नज़रों में, उस शाम कुछ से ज्यादा साहस को महसूस करके खुश हुई। ऐसे ही एक और फंक्शन में कम्युनिटी हाल में अपने साथ वालियों के पास पहुंचने को रोक कर, विनोद के सामने दिखाई देने पर, अपने चलने पर अंकुश लगाकर, अपने कपड़ों, बालों को एडजस्ट करने के बहाने रूक गई।

यह जताने के लिए ही की

आपके प्यार में हम, संवरने लगे

उसके ऐसा करने से विनोद झेंप सा गया, मानो उसकी कोई चोरी पकड़ ली गई हो, रंगे हाथों उसकी नज़रों को पकड़ लिया गया हो।

उनसे मिली नजर के, मेरे होश उड़ गए, यहां नायिका, नहीं, बल्कि नायक ऐसा सोच रहा था।

संगीता ने ऐसे संकेत इशारे और, दूसरों से भी मिलने पर,अब सजने संवरने पर और ध्यान लगाना शुरू कर दिया। इसलिए ही कि पैकेजिंग देखकर, अंदर प्रोडक्ट भी बढ़िया होगा, यह ही आजकल की दुनिया के लिए सार्वभौमिक सत्य है।

नेवर जज दी बुक, बाई दी कवर कहने वाले भी कवर पर बहुत ध्यान देते हैं, सच्चाई यही है कि कवर खूब शानदार, चमकीला बनाए रखो, इस सबके साथ पब्लिकली कहते यही रखो कि कवर में क्या रखा है

विनोद को नौकरी पाने में दिक्कत ये भी आती कि पुरानी वालियों में टिक क्यों नहीं पाए। कुछ समय बाद उसने कैसी भी नौकरी पाने के लिए, अपने बायोडाटा में अपनी एम बी ए की डिग्री को शामिल करना, पुरानों के संबंध में लिखना बंद ही कर दिया। नया बिजनेस करे, इस के लिए पापा तैयार होते ही नहीं थे।

जब संगीता की नौकरी लगी, तो विनोद को अपनी बेरोजगारी,काम धंधे में असफलता ज्यादा ही बुरी तरह से कचोटने लगी।

विनोद ने संगीता के जाब पाने के बाद संगीता की ड्रेसिंग, लुक में ज्यादा, और तेजी से चेंजेस नोटिस किए। पहले मंजू मौसी के घर जाने पर संगीता से मुलाकात हो ही जाती थी।अब ये सुनने को मिलता था कि:- आज आफिस के लिए जल्दी निकल गई या शाम को भी लेट आएगी। घर में होती भी तो उसे यह बताया

जाता कि वर्क फ्रॉम होम कर रही है, आनलाइन,ज़ूम मीटिंग में है, बातें जरा धीरे से करना, उसके रुम में मत जाना।

इन सबके कारण, उसके भीतर मौजूद हीन भावना और बड़ी होने लगी। संगीता के वो योग्य,लायक नहीं है, इन विचारों के कारागार में भी, खुद को और गहराई से बंदी बनाए रखने लगा।

इस परिस्थिति में भी, एकांत में सुकुन पा सकना उसका जारी था। वहां जीवंत हो जाने वाली सकारात्मक उम्मीदें, उसके भीतर संगीता के लिए उत्साह जागृत रखती थी । उस दौरान ऐसा कुछ सोचे जाना भी कि

बैठे हैं रास्ते में, दिल का खंडहर सजाकर
शायद इसी तरफ से, इक दिन बहार गुजरे

वैसे संगीता का उसके प्रति रवैया, व्यवहार पूर्ववर्त ही था। अब मिलना कम हो पाता था, लेकिन जब भी होता, सिमट्रू के साथ कुछ चुहलबाज़ी भी उसके द्वारा कर दी जाती।

कहीं जा रही होती, तो ठहर कर, घूमकर विनोद को दर्शन करने का अवसर देती, और उसके देखने का उसे पता तक नहीं, यूं भी जतलाती।

एक और ठहराव

यहां तक पहुंचने के लिए धन्यवाद ज्ञापन स्वीकार करें। अब कथा फिर से उसी मोड़ से प्रारंभ होगी, जहां कथा के नायक को अपने पिता के देहावसान के पश्चात यह लगने लगा था कि बड़े भाई, भाभी का व्यवहार उसके प्रति सौहार्दपूर्ण तो है, लेकिन इसकी लंबे समय तक बने रहने की संभावनाएं क्षीण सी हैं, और उसे पिता के द्वारा दिए गए अंतिम आदेश का पालन भी करना है।

15

बहुत दूर चले जाना है

महकपुर को चुपचाप छोड़कर,नयी जगह जाने से पहले, संगीता से मिलना, और वो भी अकेले में, तन्हाई में विनोद की एकांत वाली विचार श्रृंखला में डूबने से, यही निष्कर्ष उभर कर सामने आया था । किसी को भी उसके जाने का पता नहीं चलना चाहिए, सिर्फ संगीता को छोड़कर।

यहां कुछ करने के लिए विनोद पड़ोस में, और बचपन से ही, दिल और नजर, दोनों के सबसे निकट, वाले घर में गया। उस घर में, जहां उसने अपने घर के अलावा, सबसे ज्यादा आना जाना किया था।वहां मंजू मौसी को उस, इकलौती तस्वीर को कपड़े से साफ करते देखा, जिसमें मंजू मौसी और उसकी मां साथ थी। उस मां से जिसके सामने, उसे अपनी मांगे, जिद करने, और उन्हें मनवाने का अवसर नहीं मिला। वो मां जो खुद के दुनिया से जाने से ठीक पहले, दोनों भाईयों को देखकर, बिना कुछ बोले, सिर्फ अपनी आंखें नम कर लेती थी। मौसी ने उसे पहले हमेशा की तरह आशीर्वाद दिया, फिर उसके हाल चाल पूछे।

मौसी ने पिछले दो तीन सालों से अपने जीवन की दिशा योग, ध्यान, ईश्वर की गहन पूजा की तरफ केंद्रित कर रखा था। संगीता की नौकरी लगने को उन्होंने अपने ईश्वर के प्रति भक्ति का फल ही बताया था।उसे भी कहती रहती थी कि तू बहुत अच्छा है, तेरा अच्छा समय भी जल्दी आने ही वाला है।

कई बार कह उठती थी कि जब भी तेरी बहू आएगी, तो उसे साथ लेकर जरुर बाहर वाली बेंच में बैठना शुरू कर दूंगी, जहां बैठे हुए मुझे पच्चीस साल से भी ज्यादा हो गए हैं।

वह अपने स्वभाव के चलते ये कह नहीं पाया कि आजकल की लड़की काफी शाप, बार में भले ही साथ बैठ भी जाए, घर के बाहर बेंच में अपने से बहुत उम्रदराज के साथ भला क्यों बैठना चाहेगी। जहां उसे उस दुनिया की नजरों के देखने से भी गुजरना पड़ सकता है, जहां सबके हाथों में कैमरे वाला फोन है।

लाईक्स पाने के लिए रील बनानी हो तो ये करना जरूर, माडर्न बहू के लिए, मानने, करने वाली बात हो सकती है।

मंजू मौसी अक्सर यह भी कहने लगती थी, आंखों को गीला भी करने लग जाती कि:-"सुशीला के जाने के बाद उस जैसी कोई दूसरी सहेली, रिश्ता नहीं मिला। दुनिया के लिए सुशीला मर चुकी है, लेकिन उनके लिए वो आज भी जिंदा है।सहेली मर भी जाए, सहेली की यादें कभी नहीं मरती, दोस्त तो मर सकता है,दोस्ती नहीं। भगवान ने हम दोनों को एक साथ धरती से उठाना था, पता नहीं मैंने क्या पाप किए कि सुशीला को मेरे साथ ज्यादा समय तक, साथ रहने नहीं दिया।"

विनोद को संगीता सजी संवरी नजर आई, बाल, चेहरा, सब कुछ उन पर कुछ विशेष किए जाने की चुगली कर रहे थे।फ्लोरल साड़ी में भी उसे पहली बार देख पा रहा था।

कानों में ईयर रिंग्स, जो कान के एक सिरे से दूसरे सिरे तक फैले हुए थे। उंगली में पहनी हुई अंगूठी में एक गोल बड़ा सा आर्टिफिशियल नगीना। उसे बड़ा आश्चर्य हुआ जब उसने नोटिस किया संगीता ने अंगूठे पर भी रिंग या गोल छल्ला जैसा कुछ पहना हुआ था, उंगली में अंगूठी तो वोदेखते आया था, लेकिन अंगूठे में! शरीर से डियो की महक। गला भी भरा हुआ, ये सब कुछ समय पहले तक संगीता के पहनावे के साथ जुड़े हुए नजर नहीं आते थे।

उसने हमेशा वाली सावधान बरती कि उसका संगीता को देखना संगीता को पता न चले। अपने देखे जाने को उसका दिल, आज

ऐसा कहकर सही ठहराने लगा *आपके हंसी रुख पे आज नया नूर है,मेरा दिल मचल गया तो मेरा क्या कसूर है।*

किंतु संगीता को किसी कोने, अकेले, एकांत में आने के लिए कहने की हिम्मत, वो जुटा नहीं सका। वो सही मौका पाने के लिए इंतजार कर ही रहा था,तभी एक कार के हार्न की आवाज बजती सुनाई देने लगी।

अब संगीता ने कहा:-"मम्मी मैं निकल रही हूं, एक एक्जीबिशन में शाम को देर तक रहना पड़ेगा,और खाना भी वहीं से खाकर आऊंगी,रात को देर भी हो सकती है, आप प्लीज बार बार फोन करके मुझे परेशान मत करने लग जाना।"

संगीता के साथ वो भी घर से बाहर निकला,तो देखा एक टैक्सी में एक सूट बूट में स्मार्ट सा नजर आ रहा आदमी टैक्सी से बाहर आकर संगीता का इंतजार कर रहा था। संगीता के टैक्सी के पास पहुंच जाने पर दोनों के बीच ग्रीटिंग्स का आदान-प्रदान हुआ।कार का दरवाजा भी उस आदमी ने संगीता के लिए बड़ी नजाकत के साथ खोला। संगीता पीछे वाली सीट पर बैठ गई। उस आदमी ने संगीता की साइड वाला दरवाजा बंद किया, दूसरी साइड वाले दरवाजे से कार के अंदर, संगीता के बगल में बैठ गया।

कार फिर तेजी से उसके सामने से गुजर गई, संगीता ने शीशा डाउन करके उसे बाय बाय भी किया।

विनोद को यह सब देखना अजीब सा लगा, दिल को भारी कर गया,बाय बाय के मिलने से उसे जरूर कुछ राहत सी मिली।

तक़दीर का फ़साना जाकर किसे सुनाएं ,
कि दिल में जल रही हैं अरमानों की चिताएं

देर शाम को जब एकांत में बैठा, तो उसे लगा कि संगीता के साथ कार में बैठे उस आदमी ,और उसकी दुनिया का, एक दूसरे की लाइफ के साथ आदान प्रदान या एक्सचेंज हो गया है, और वो संगीता के साथ टैक्सी में बैठकर बहुत शानदार रेस्टोरेंट में

गया। जहां उन्होंने बैकग्राउंड म्यूजिक के साथ बाल रुम में बाहों में बाहें डालकर कपल डांस किया। डांस के दौरान संगीता उसकी आंखों में झांककर गाना भी गाती रही

दिल की गिरह खोल दो, चुप न बैठो, कोई गीत गाओ आ आ आ आ, महफ़िल में अब कौन है अजनबी, तुम मेरे पास आओ।

इस कल्पना में उसके डूबने के कारण, उसे हल्कापन महसूस, और बड़ी राहत सी मिली।

अगले दिन संगीता को उसने फ़ोन किए, मैसेज भी ड्रॉप किए। घर भी दोबारा गया तो संगीता मिली नहीं, पता चला कि आफिस के काम के चलते आजकल कुछ ज्यादा ही व्यस्त है, इतनी कि घर से सुबह जल्दी निकल जाना, और रात को देर से घर पहुंचना, ये ही उसका पिछले काफी दिनों से डेली का रुटीन बना हुआ था।

फिर फ़ोन ट्राई किया, इस बार भी काल्स ली नहीं गई, मैसेजों का भी जवाब कोई मिला नहीं।

उसके वर्क प्लेस जाकर उससे मिलने का ख्याल तो उसे आया, किंतु झेंप, असहजता ने उसे इस ख्याल पर अमल करने पर पाबंदी सी लगा के रखी।

उसका दिल डूबने भी लगा कि उसके गुपचुप पलायन से पहले मिलना, संभव नहीं हो पाएगा।

फिर सीधे उसकी काल आई, उसे सारी कहने के बाद बताया कि पिछले कुछ दिनों से बहुत बिजी चल रही थी, इसलिए काल्स ले नहीं सकी, मैसेज का रिप्लाई भी दे नहीं पाई।

बड़ी मुश्किल से वो संगीता से यह कह पाया कि वो उससे मिलना चाहता है, एक बार अकेले, तन्हाई में, दुनिया वालों की नजरों से दूर।

संगीता पहले तो चुप रही, फिर पूछ बैठी क्यों?

उसने कोई जवाब नहीं दिया। संगीता ने दोबारा पूछा, उसने फिर से चुप्पी ही साधे रखी।

कई बार मौन भी बहुत गहरे जवाब देता है

संगीता ने अब पूछा:-" मिलना कहां है?"

अब जवाब सुनने को मिला:-" जहां तुम कहो, चाहो, लेकिन किसी रेस्टोरेंट या पब्लिक प्लेस में नहीं।"

संगीता झल्लाकर बोल उठी - "कभी तो पूरी बात कह लिया करो सिमट्टू, और कुछ को कैसे करना है, अपना दिमाग भी इन सब पर लगाया तो करो। ऐसी जगह कहां है महकपुर में। प्लीज़ स्टाप बिहैविंग लाइक स्पून फीडिंग किड।"

फिर से दूसरी तरफ से संगीता को कुछ सुनने को नहीं मिला।

गुस्से में उसके द्वारा कह दिया गया:-"ठीक है मैं ही कुछ करती हूं, और फिर तुम्हें फोन पर ,या मिल कर इस बारे में बताती भी हूं।"

दोनों के बीच, पहली बार इतनी लंबी चली काल का, इस अंदाज में समापन हो गया ।

संगीता ने सोचा विचारा, फिर एक सहेली, खास सहेली, पूनम का सहारा लेना ही उसे सबसे सही लगा।

उस सहेली का मिजाज, संगीता के मिजाज से बिल्कुल अलग सा, फिर भी दोनों में छनती खूब थी। दोनों एक दूसरे की राजदार थी ।पूनम की शादी हो चुकी थी। शादी के बाद से उसकी बातों से संगीता को खीझ सी होने लगती थी, फिर भी दिन में एकाध बार बात हो जाना जारी था। वो संगीता से कहती रहती थी कि रियल जिंदगी यही है, जहां उंगली में अंगूठी, अंगूठी में नगीना, कलाई में कंगन, चेहरे में मेकअप हाई डेफिनेशन, हाथ में लेटेस्ट

आईफोन, घर में हस्बैंड और बाहर ब्वायफ़्रेंडस हो, और दोनों ही के पास अच्छी लिमिट वाला क्रेडिट कार्ड हो।

पूनम संगीता की बड़ी खास थी, और उसे बुरा भी लगा कि संगीता ने विनोद के बारे में अपनी फीलिंग के बारे में उसे इससे पहले कभी बताया तक नहीं। उसे बहुत बड़ी छुपी रुस्तम कहने भी लगी थी। जो हमें, दूसरों को तो मना करती रहती थी, खुद भीतर ही भीतर, चुपचाप, ख़ूब भीतर वाले मजे, लिए जा रही थी ।

पूनम से बात करने का नतीजा यह निकला कि दोनों पूनम के घर के एक कमरे में, जो की उनका इकलौता बैडरूम था, में दो कुर्सियों पर आमने-सामने बैठे हुए थे।

सहेली का पति महकपुर से बाहर गया हुआ था, शादी के दो साल बाद भी बच्चे अभी सहेली के हुए थे नही।उसने या उसके वाले, दोनों ने सृष्टि में अपनी भी रचना प्रस्तुत करने, जनसंख्या में अपना योगदान भी करें, ऐसी परिस्थिति को उत्पन्न ही नहीं होने दिया था। पूनम का मानना यही था कि बच्चे जल्दी करना मतलब फिगर, और जिंदगी के उस टाइम को खराब करना, जहां शरीर सारे मजे आप्टिमम लेवल पर उठा सकता है।

शाम चार बजे का समय था, सहेली उन दोनों के लिए ट्रे में चाय बिस्कुट रखकर, फिर शरारत भरी मुस्कान चेहरे पर लाकर और आंखों में गुलाबी डोरे भर करके बोली:-"तुम दोनों कुछ भी कर सकते हो, मैं इसके बाद जब भी इस कमरे में आऊंगी, तो पहले बताकर,और कुछ देर ठहरने के बाद ही, और आंखों को बंद करके ही अंदर घुसुंगी। एक बहुत जरुरी बात और बता देती हूं कि बैड के बगल वाले ड्रॉयर में वो सब रखा हुआ है, जिसके इस्तेमाल से, तुम दोनों के कुछ, बहुत कुछ कर बैठने से, पेट नहीं फूलना, तीसरे के आ पाने की सूचना का मिल जाना, इन सब के, न होने को, गारंटी के साथ इंश्योर किया जा सकता है।बिस्तर को भी आज दोनों जन अजनबी से लगेंगे, क्योंकि ये बेचारा ओयो के रुम

वाला थोड़े ही न है। तुम लोगों के कारण इस बेचारे की मोनोटोनी भी आज ब्रेक हो जाएगी, आज दो नये जिस्मों का उलझना जो देखेगा।कोई सर्विस चाहिए होंगी तो पूनम वेट्रेस को आवाज लगा देना, किंतु टिप मोटी वसूल की जाएगी, जी एस टी के साथ।"

ये सब सुनने पर जहां विनोद शर्मिंदा हुआ जा रहा था, पर संगीता भड़क कर बोल उठी:-"पूनम प्लीज़, छी शादी के बाद भी तुम्हारी बेशर्मी गई नहीं। पहले भी कहती थी, और आज फिर से कहने को मजबूर हो गई हूं देख लंबा धागा, और लंबी ज़ुबान, उलझनें ही पैदा करती हैं। तुम ऐसा कुछ ही सोचे जा रही हो तो हम लोग यहां नहीं बैठेंगे, यहां से चले ही जाते हैं। तुम्हारी सोच तुमको बहुत बहुत मुबारक, हमें अपनी इस सोच से दूर ही रख पाओ तो बहुत अच्छा"।

विनोद को बड़ा अजीब सा इस तरह मिलने से, और फिर इन सबसे वो बड़ी असहजता, उलझन ज्यादा महसूस करने लगा था, उसे लगा कि अब बातें होना संभव नहीं हो पाएगा।

पूनम हाथ जोड़कर, आंखें बंद करके, दोनों के आगे सर को झुकाकर कहने लगी :-" मेरे ही नसीब खराब हैं, जो ऐसा सुनने को मिल रहा है। नेकी कर, दरिया में डाल। कितनी खूबसूरत, रंगीन शाम है, महबूब भी साथ है, इस उम्र में, जोशे जवानी इससे ज्यादा और क्या मांग सकती है। मेरा बैड लक कि मेरा वाला आज साथ नहीं है, बॉयफ्रैंड रीचेबल नहीं है , लग रहा है पूनम से भी कोई अच्छी, बास्टर्ड को मिल गयी, यहां तो भाग से छींका फूटा पड़ा है, लेकिन बिल्ले, बिल्ली को इससे क्या, उन्हें तो दुनिया के ढोंग के फेर में, हज पर जाने की पड़ी हुई है। खैर मुझे तुम लोगों की जिंदगी से इतना सारा मतलब क्यों रहना चाहिए। जब तुम लोगों का सत्संग खत्म हो जाए तो मुझे फोन कर लेना, मैं प्रसाद खाने आ जाऊंगी।"

फिर गुस्से में कमरे से किसी के जाने या सैंडिल के जमीन पर गुस्से में चलने के चलते उत्पन्न कदमों की आवाज सुनाई देने लगी।

पूनम के कहे ने दोनों को कुछ समय तक मूल मुद्दे से भटका कर रखा। नतीजा कमरे में दोनों लगभग चुपचाप से बैठे रहे, चाय ठंडी हो चुकी थी।

इस शांति को भंग किया संगीता ने उससे यह सुनकर कि वो सब कुछ छोड़कर जा रहा है।

"मुझे, तुम्हारे महकपुर छोड़ कर जाने के बारे में बताना, तुम्हें इतना जरुरी क्यों लगा, और ये सब मुझसे इस तरह से मुलाकात करके बताना ही जरूरी क्यों लगा।"

विनोद ने चुप्पी को कायम रखा, और उसके द्वारा नजरें चुराना भी शुरू हो गया।

संगीता ने पुनः बोलना शुरू किया:-"मैं भी तुम्हें एक खबर देना चाहूंगी। अगले हफ्ते सगाई करने जा रही हूं, अगले दो, तीन महीने में शादी भी हो जानी चाहिए। ये सब तुम्हारी वजह से ही हो रहा है, जो पिछले पांच सालों से कुछ बोल ही नहीं पाए। अरे नौकरी नहीं थी तो क्या हम दोनों मिलकर अपने रहने खाने का इंतजाम नहीं कर सकते थे। दो लोग मिलकर इतना भी नहीं कमा सकते कि मामूली हालात में भी घर न चल पाए, दो रोटी घर में न बना पाए इतने खराब, बेकार तो दोनों जन हो ही, नहीं सकते।चलो यदि मैं ही कमा रही हूंगी,तो मेरी कमाई की रोटी क्या तुम्हारे गले नहीं उतर पाती।

मैं इकलौती हूँ,मनीष भैया जैसा कोई चक्कर नहीं, मम्मी पापा का सारा मुझे ही तो मिलना है।

मेरा यह सोचना था कि तुम भी इसमें विश्वास रखते हो कि प्यार के सिक्कों से भी हाउसहोल्ड का खर्चा काफी समय तक चल ही जाता है।

मैं अपने मम्मी, पापा को समझा ही लेती, लेकिन अब यह पासीबल नहीं रहा।पछतावा सबसे ज्यादा इसी बात का कि काश तुम में कुछ तो हिम्मत, जबान होती।

तुम्हें अपने प्यार को जतलाने पर विश्वास तो रखना ही चाहिए था। तुम्हारा दब्बू पन ही आज के इस हालात के लिए जिम्मेदार है। सुना था कि शराब के नशे में इंसान का हौंसला दुगना, तिगुना हो जाता है, लेकिन तुम यहां पर भी नाउम्मीद ही रहे। उस दिन आरती के शादी से एक दिन पहले के फंक्शन में तुम्हें एक कमरे में दोस्तों के साथ बैठा देखा। उस रात को देर से वहां से निकली कि तुमसे भी सामना हो, और नशे की गिरफ्त में शायद तुम कुछ, जिसे मैं सुनने को तरसती रहती हूं कह दोगे। रात के साढ़े दस बजे तुमसे मिली , कुछ ज्यादा ही खुलकर बातें भी करने की कोशिश भी की, लेकिन तब भी तुम्हारा गूंगापन बरक़रार रहा।मेरा मन तो उस शाम को ये उम्मीदें पाले बैठा था कि आज चांदनी कूटेंगे, आसमां को लूटेंगे, लेकिन मासूमियत तो उस वक्त भी तुममें थी, रुमानियत हमेशा की तरह नहीं"

अपनी एकांत वाली सोच, कल्पनाओं में विनोद को यह महसूस, अहसास होने लगता था कि कभी तो ऐसा सुनहरा समय आएगा, जब वे दोनों समाज, परिवार के द्वारा स्वीकृत बंधनों में बंध जायेंगे, लेकिन अब उस उम्मीद पर पानी फिर गया, मधुरम सपनों का महल नेस्तनाबूद हो गया। एक क्षीण सा उम्मीद वाला धागा, जो जीवन की सांसों को जिंदा रखे हुए था, वो टूट, बिखर गया था ।वो फिर से कुछ कह नहीं पाया, उसे लगा वो अंदर से खोखला हो गया है, आंखें फिर से धरती मां या विट्रीफाइड टाइल्स वाले फर्श को निहारने लगी।

संगीता और मुखर हो उठी:- "तुम्हारा शरीर महा आलसी है, अपने दिल के लिए कुछ करने या कहने में।"

फिर से कमरे मे सन्नाटे ने अपना कब्जा जमा लिया ।

अचानक ही उसका मिठास से सुसज्जित स्वर सुनाई देने लगा।

"हां दिल तुम्हारा जरुर चांद सा है, और तुम्हारे लिए मैं चांदनी जैसी। जबकि मैं बहुत साधारण सी लड़की, लेकिन तुम्हारी नज़रों को इससे कोई फर्क नहीं पड़ा। तुमने मुझे हमेशा पूर्णमासी की चांदनी ही समझ कर रखा। मेरे लिए यह बहुत बड़ी बात है कि जब दुनिया में कोई मुझे भाव नहीं देता था, सजने , संवरने से

दूर थी, खादी के सलवार, कुर्ते, मम्मी की चुनरी ही ओढ़ती थी, थ्रेडिंग, वैक्सिंग, फेसिअल से नहीं गुजरती थी मैं तुम्हारे लिए तब भी अनमोल थी।

तुम्हारे मौन देखने, निहारने को महसूस करने के बाद से ही समझने लगी कि धूप किसका नाम है, चांदनी क्या चीज़ है.... काश ऐसा हो पाता एक बार, झूठा ही सही, हम दोनों प्यार तो कर पाते, किसी चांदनी रात में खुले आसमां के नीचे, ढेर सारी बातें कर पाते..."

अब संगीता उठ कर उस छोटे से रुम में चलने या घूमने लगी।

लंबी सी चुप्पी, केवल संगीता के चलने की आहट सुनाई दे रही थी।

"मैं शादी के लिए तैयार हो गई हूं क्योंकि कुछ बदलाव कष्ट तो देते हैं, लेकिन जरूरी हो जाते हैं। मम्मी, पापा के लिए मेरी,उनकी इकलौती बेटी की, शादी होनी बहुत जरूरी है। जिंदगी आगे कैसी चलेगी, कोई आइडिया नहीं।

जिंदगी आप को शांत बने रहने की समझ दे देती है, और कई बातों के होने के पीछे की वजह भी, एकदम से नहीं बताती।

सुमित मिलने पर तो ठीक ही समझ आता है, आगे चलकर और भी परिवर्तन लाइफ में आ जाने हैं।

लेकिन यह भी एक सच्चाई रहेगी, कि तुम्हारा मौन चाहना मैं कभी भी भूलने वाली नहीं। तुम्हारी, मेरी आंखों में, हमारा अनकहा फ़साना सदा धड़कता रहे, इस कड़वी सच्चाई को समझते हुए कि हर चाहत, राहत की मंजिल तक नहीं पहुंचती....

शादी के बाद भी मिलते रहना, बस मुझे चांदनी समझने वाली, नजरों से मत देखना।"

माना कि हम यार नहीं, लो तय है कि प्यार नहीं

फिर भी नज़रें ना तुम मिलाना, दिल का एतबार नहीं।

संगीता ने ही जीवन में उसे सबसे बेहतर, महत्वपूर्ण समझा, और इसका अहसास भी उसे पुरसर तरीके से कराती भी चली आई थी। उससे जुड़ने के लिए, कई बार कोशिश भी कर चुकी थी, लेकिन वो ही निष्क्रिय रहा था, कुछ करने, या आगे बढ़ने में। उसकी खामियों की सजा संगीता क्यों भुगते ।संगीता के विवाह से मंजू मौसी की जीवन की अंतिम अभिलाषा ने भी संपूर्ण हो जाना था। मंजू मौसी तो उसकी मां की सबसे विशेष थी। वो कुछ देर पहले घटित से निर्विकार सा हो गया, अब उसे बाकी बची सांसों में संगीता की खुशहाली के लिए ही ईश्वर से प्रार्थना करती रहनी थी।

विनोद ने संगीता को देखा, फिर रुआंसी आवाज में कहने लगाः-"सारे तारों को टूटते हुए देखते हुए कुछ मांगना होता, तो सिर्फ मां वाला बचपन का प्यार और तुम्हें ही मांगता, सारी जिंदगी तुम्हें कपड़ों में ही देखना पड़े, तब भी तुम ही सबसे मूल्यवान मेरे लिए रहती। सगाई, शादी की अग्रिम बधाई। मेरे लिए दिक्कत की बात यही है कि मैं इनमें शामिल नहीं रह पाऊँगा। पापा की बात का पालन तो करना ही है, कहां जाऊंगा, अभी सोचा नहीं, लेकिन जाना है यह निश्चित है।आज की इस मुलाकात का कारण, कुछ अधूरे में कुछ और जोड़ना था, ताकि अधूरापन सारा नहीं, कुछ तो खत्म हो।

मैं अपनी हर चिंता, हर भय, हर आशा और अपनी समस्त चुप्पियाँ आज तुमको समर्पित करता हूँ।"

विनोद हाथों से मुंह छुपाकर, सिसक, सिसक कर रोने लग गया।

बहुत इंतजार,
सोच समझकर उतरे थे,
इश्क के समुंदर में
एक ही लहर ने ऐसा डुबोया
किनारा तक नहीं मिल पा रहा

संगीता ने उसके पास आकर उसकी पीठ पर हाथ मलते हुए तसल्ली दी,उसकी आंखों भी गीली हो उठी:-

'विनोद, मैं अंकल की लास्ट विश से एग्री करती हूं कि नयी वाली दुनिया में जाकर ही तुम कुछ बन पाओगे। निकलो, न्यु बिगिनिंग करो। तुम्हें सब कुछ भुला कर ज़ीरो से शुरुआत करनी है।क्लर्की, मजदूरी करो, चौकीदारी करो, कुछ भी करो, बस जल्दी से करो।

तुम मेरी सगाई, शादी पर नहीं रहोगे, मुझसे ज्यादा मम्मी को तकलीफ होनी है, मेरी मम्मी और तुम्हारी मम्मी की फ्रेंडशिप आज भी वैसी ही महकदार, गर्माहट वाली है, जैसी थ्री डिकेड पहले थी।

तुम्हारे लिए सलाह बस ये ही कि दूसरों की एक्सेप्टेंस, नॉन एक्सेप्टेंस से खुद को परखना छोड़ दो। तुम स्काई बन जाओ, क्लाउड जैसे भी हों, आसमान को कोई फ़र्क नहीं पड़ता।विनोद तुम एक एक्ट्रा ऑर्डिनरी, लाजवाब, बेहतरीन ह्यूमैनबिइंग हो!!!

बेहतरीन लोग इत्तफाक से मिलते हैं... और इत्तफाक हर किसी की जिन्दगी में नहीं होते !

मैं लकी, खुशनसीब यह इत्तफाक मेरे साथ हुआ कि तुम मेरी जिंदगी में, मेरे होश सम्हालने के बाद से ही हो।

लेकिन क्या कर सकते हैं, लाईफ साइकल तो ऐसे ही चलता है।रिश्तों का रुप बदलता रहता है, लेकिन उनकी मौजूदगी जीवन में अदृश्य नहीं रह पाती। उनके प्रति सपनों, अभिलाषाओं के जन्म लेने का जीवन चक्र समाप्त नहीं हो जाता।"

अब संगीता ज्यादा ही ज़ोर ज़ोर से रोने लगी, अब विनोद उसे सांत्वना देने लगा।

"मुझे माफ कर देना विनोद, तुम्हें जाने के लिए कह रही हूं। मैं मम्मी, पापा का दिल नहीं दुखा सकती । मेरी शादी के लिए

उनकी आंखों में मिलियन सपने हैं, आई डौंट वांट टू ब्रेक सिंगल वन। मैं आज तुम्हारे प्रति अपने मोह, स्नेह क़ो खत्म, फिनिश करती हूं। किसी चीज केडाइल्यूट, होते रहने से कुछ खोने का डर भी धीरे धीरे निकलने लग जाएगा, चाहे वो मोह- पैसे, महंगी, दुर्लभ आइटम, जिंदगी या फिर सबसे प्यारे रिश्ते के लिए ही क्यों न हो।

वैसे भी जीवन का ये ट्रेंड, रीत है जो आते हैं, वो कभी न कभी चले भी जाते हैं। तुम भी,अभी से चले जाओ।

जीवन के काफी सुखद पल तुम्हारे साथ भी गुजरे। उनकी मधुरिम,शहद ,हनी से भी मीठी स्मृतियां, मेमोरीज हमेशा मेरे साथ रहेंगी ।लेकिन अब ये सब नहीं, अभी से बिल्कुल नहीं।"

सपनों और जिंदगी के मध्य चुनाव करना पड़े तो असल जिंदगी का चयन किया जाना चाहिए

संगीता सर को झुका कर, फिर विनोद के पैरों पर गिरने की कोशिश भी करने लगी, विनोद ने उसे मना किया ये कहते हुए कि आज तो मेरी कोई बात मान लो।

संगीता फिर से जोर जोर से रोने लगी। विनोद ने कोई कोशिश नहीं की उसे चुप कराने की।

पांच मिनट बाद संगीता का रोना बंद हो गया, उसने रुमाल निकाल कर आंखें पोंछी। रुम में लगे शीशे के पास जाकर अपना हुलिया ठीक किया, उसका मोबाइल साइलेंट पर था। फ़ोन के स्क्रीन पर उसे सुमीत की चार मिस्ड काल दिखाई दी, उसने काल बैक किया।

सुमित को उसने भरी हुई आवाज में बताया कि किसी मीटिंग में थी,तो फ़ोन साइलेंट पर, तो तुम्हारी काल नहीं ले पाई।

सुमित ने उसे ओलिव रेस्टोरेंट में आने को कहा , जहां वो अपनी यू एस वाली बड़ी सिस्टर को, उससे मिलाने जा रहा था।

फिर वो विनोद को भर्रायी आवाज़ में बाय बाय कहते हुए , उसकी तरफ देखे बिना रुम से बाहर निकल गई।

मन की किताब से, मेरा नाम ही मिटा देना
गुण तो न था कोई, अवगुण भुला देना

विनोद कमरे में ही बैठा रहा,

एक गीत का मुखड़ा उसे सुनाई देने लगा था.....

फिर मिलोगे कभी इस बात का वादा कर लो
हमसे एक और मुलाकात का वादा कर लो
दिल हर बात अधूरी है, अधूरी है अभी
अपनी एक और मुलाकात ज़रूरी है अभी
चंद लम्हों के लिए साथ का वादा कर लो
फिर

कुछ देर बाद पूनम आई। संगीता के बारे में उसने पूछा, उसने बताया की चली गयी

फिर पूनम ने चुलबुले अंदाज़ में पूछा कि:- "हमारी सहेली के साथ ऐसा क्या कर दिया हमारे नाटी ब्वाय ने कि मुझे बिना बताए ही चली गई। प्रॉबबली दिस वस हर फर्स्ट टाइम, बट आई एम हैप्पी, शी लास्ट इट। शी शुड लास्ट इट मच अरलियर, बट बैटर लेट, दैन नेवर।"

पूनम ने आस पास कमरे में भी नज़रें घुमाई, और हक्की बक्की होकर बोल उठी:- "अरे बिस्तर पर कोई सलवटें नही, लेकिन तुम्हारे चेहरे पर सलवटें ही सलवटें!!!"

विनोद आंखों में आंसू लिए खड़ा हो गया। पूनम ये सब देखकर, बहुत कुछ समझकर स्तब्ध सी रह गई, उसका चुलबुलापन जलते कपूर की तरह उड़ गया। उसने आंखें झुकाकर आई एम डीपली सारी कहना शुरू कर दिया ।

उसने फिर, पूछा किन्तु उदासी, निराशा वाली टोन में कि क्या हुआ, तुम दोनों के बीच।

विनोद ने पूनम को हाथ जोड़े, और कमरे, घर से बाहर आ गया।

मोहब्बत तर्क की मैंने
गरेबाँ सी लिया मैंने,
ज़माने अब तो ख़ुश हो
ज़हर ये भी पी लिया मैं ने..!!
हर तरफ एक अजब उदासी है
बेकरारी का ऐसा आलम है
जिस्म तन्हा है रूह प्यासी है

16

तेरा जाना, दिल के अरमानों का लुट जाना

सुशीला सदन पहुंच कर उसने कुछ जरूरी सामान पैक करना शुरू कर दिया।

अब उसे कल से नये जीवन की शुरुआत करनी है, अब उसे जीना है सिर्फ पापा की इच्छा को पूरा करने के लिए।

कल महूकपुर, जय सिंह कालोनी, सावित्री सदन, मनीष, भाभी, भतीजी, मंजू मौसी, मौसा सबको उसने छोड़ देना है। पापा से प्राप्त सात लाख भी वो मनीष को ट्रांसफर कर देगा ये निवेदन करते हुए कि इसकी भतीजी के नाम से एफ डी कर देना।

बीत गये दिन,
प्यार के पलछिन
सपना बनी सारी बातें
भूल गये वो, तू भी भुला दे
सभी वो मुलाक़ातें
वहाँ कौन है तेरा,
मुसाफ़िर, जायेगा कहाँ
दम लेले घड़ी भर,
ये छैयां, पायेगा कहाँ

मां का आशीर्वाद उसके साथ है, पापा की प्रार्थनाएं हैं

जब कुछ बन जाएगा तो उसने खुश हो कर अपनी मां को बताना है

क्या बताऊँ माँ कहाँ हूँ मैं
यहाँ उड़ने को मेरे खुला आसमाँ है
तेरे किस्सों जैसा भोला
सलोना जहाँ हैं यहाँ सपनो वाला
मेरी पतंग हो बेफिकर
उड़ रही है माँ
डोर कोई लूटे नहीं
बीच से काटे न

फिर उसने भी मां और पापा के पास ही चले जाना है ।

कुछ प्रेम बंधन संसार के किस्सों में जगह नहीं पाते, वे बस धड़कनों के हाशियों पर ठहरे, रह जाते हैं...जहाँ जुदाई भी मुलाक़ात की तरह महकती रहती

कुछ ब्लॉग से भी

17

इतनी जल्दी क्यों है तेरे को

देहरादून में सन 1976 के दिसंबर की शुरुआत थी। रातें ठंडी होने लग गई थी।शादी उसकी अभी नहीं हुई थी, तो शनिवार की रात को नाइट शो देखना, उसके उस दौरान के जीवन में, रचा बसा सा हुआ था।

एक ऐसे ही शनिवार की रात को वो नागिन पिक्चर नाइट शो में देखने गया हुआ था।

नागिन फिल्म में ढेरों हीरो,हीरोइन थे - सुनील दत, फिरोज खान, संजय खान जैसे हीरो, और हीरोइनें रेखा, मुमताज योगिता बाली और रीना राय भी।

एक टिकट पर कई हीरो, हीरोइनों को देखने मिल जाना, उसे इन मल्टी स्टार फिल्मों को देखने में एक फायदा ऐसा भी समझ आता था।

फिल्म खत्म हो जाने पर पिक्चर हाल से बाहर निकलने से पहले उसने सिनेमा घर के बदबू वाले मूत्रालय में जाकर, अपने गुर्दों को खाली किया।

हॉल से बाहर आकर उसने देखा लोग रिक्शे वालों से मोल भाव कर रहे थे।रिक्शे वालों के, उनके हिसाब से किराए पर सहमत न होने पर नागिन की तरह फुफकारने भी लग जाते थे। वहीं कुछ दूसरे एक कोने में इकलौती खुली पान, सिगरेट के खोखे, जहां रोशनी का इकलौता साधन लालटेन थी, से सिगरेट, बीड़ी पान खरीद रहे थे।

हाउसफुल वाले शो में ढाई घंटे तक हाल में बैठे रहने के बाद, बाहर आने पर उसे, ठंड थोड़ी ज्यादा लग रही थी तो उसने साथ लाए मफलर को, जैकेट की जेब से निकाल कर कानों और कुछ सिर के हिस्से पर भी उसने लपेट लिया।

हाल से घर तक पैदल चलने के चलते, ठंड ने उसे कम लगना था, इस सोच ने, उसके पैदल ही, पिक्चर हाल सेअपने ठीये तक वापसी करने के इरादे को, मजबूती दी।

वापसी के लिए चलते चलते वो कुछ देर पहले ही देखी नागिन फिल्म के बारे में सोचे जा रहा था। वहां ये भी निर्णय ले लिया गया था कि एक बार और नागिन फिल्म को देखा जाएगा।

नागिन फिल्म के गाने भी पिक्चर को देखते, देखते ही, जुबान पर चढने लगे थे।

वो वापसी करते हुए, *तेरे संग प्यार में* को गुनगुनाता भी जा रहा था। पूरा गाना तो उसे याद नहीं हो पाया था, तो बस मुखड़े को ही बार बार गुनगुनाया जा रहा था। सोचा ये भी जा रहा था संडे को रेडियो पर आपकी फरमाइश कार्यक्रम में इस गाने को सुनाने की फरमाइश को भेजूंगा।

रास्ता सुनसान सा, और स्ट्रीट लाईट की व्यवस्था भी नहीं थी, तो रास्ते में अंधेरा, अंधकार भी भरपूर था। जाने क्या वजह थी, जो आज कुत्तों के भौंकने की आवाज, उसे सुनाई नहीं पड़ रही थी।

वैसे उसे देर रात में वापसी करने की आदत थी, तो ऐसे हालात में चलना, उसके लिए कोई बड़ी दिक्कत की बात तो नहीं रहती थी।

नागिन फिल्म के बारे में सोचते हुए उसके मन में ये भी ध्यान भी आया कि कैसे गांव में उसके पिताजी, चाचा लोग अक्सर सांपों को मारा करते थे।

चलते चलते ही एक निर्णय उसने दृढ़ता के साथ लिया कि उसने अब भूलकर भी कभी किसी सांप, नाग को नहीं मारना है, और नाग पंचमी के दिन तो, वो उन्हें दूध भी पिलाएगा, और दूध भी बिना पानी वाला, और घास खाने वाली काली गाय का ही।

उसका ठिकाना शहर से थोड़ा बाहर था। ठिकाने तक पहुंचने के लिए पहले हाल से तीन किलोमीटर के आसपास तक सड़क पर चलना, फिर सड़क से अंदर एक गली में प्रवेश करना पड़ता था, जो कुछ संकरी सी थी।

गली में ही अंदर, वो बायीं तरफ वाले छठवें प्लाट पर बने घर के, पहले मंजिल की छत पर बने एक कमरे मे रहता था, जिसे मकान मालिक ने किराए पर उठाने के इरादे से ही बनाया था। छत के दूसरे कोने पर गुसलखाना और शौच से निपटने का नाममात्र का इंतजाम भी किया गया था।

जमीन पर बने हुए घर के, एक कोने पर, उपर जाने के लिए सीढ़ियां बनी हुई थीं, जिसका दरवाजा खुला ही रहता था, नहीं तो ताले की एक चाभी मकान मालिक के साथ साथ, उसके पास भी रहती थी।

इसके चलते उसे देर सवेरे आने जाने में कोई दिक्कत नहीं होती थी। पहला मंजिला आजकल बंद पड़ा हुआ था, जहां मकान मालिक का बेटा रहा करता था।

बेटे का परिवार, बेटे की ससुराल गया हुआ था।

पिछले कुछ दिनों से रात को देर से आने पर वो ही सीढ़ी वाले दरवाजे को भीतर से कुंडी लगाकर बंद करता था।

सड़क से गली की तरफ मुड़ते ही उसकी चाल में और तेजी आ गई, वो अपने घर वाले प्लाट से, दो घर ही दूर था कि उसके बायीं तरफ वाले राम खिलावन के घर से, गली की तरफ खुलने, बंद होने वाले दरवाजे से, एक बुढ़िया सफेद चोगा जैसा कुछ पहनी हुई, सफेद बालों, सफेद भौहों ,और चमकीली आंखों वाली तेजी से निकली, और उससे जोर से टकरा भी गई। वो बुढ़िया थी, लेकिन उससे टकराने पर झटका उसे जोर का लगा।

लगा कि किसी मजबूत चीज से टकराने के चलते उसके शरीर के रोम रोम को, जोर से झिंझोड़ दिया गया हो, तगड़े करंट का झटका लगने जैसा अहसास भी हुआ उसे।

उसके लिए ये बहुत अप्रत्याशित और भौंचक्का करने वाला सा था। उसने बुढ़िया को इससे पहले इस मुहल्ले, या आसपास भी कभी नहीं देखा था। वो कुछ ज्यादा समझ, कह पाता , उससे पहले ही, वो बुढ़िया झुर्रियों वाले अपने पोपले मुंह को ऊपर नीचे हिलाते हुए जोर से बोल उठी - "अरे पागल, मुझसे क्यों टकरा रहा है, तेरा समय अभी मेरे साथ चलने का कहां आया है, जा अपने घर जा, और अभी सात, आठ घंटों वाली नींद ही ले, हमेशा वाली नहीं।"

बुढ़िया का मुंह भी बोलते हुए चमक सा रहा था, जैसे मुंह के अंदर कोई सौ वाट का बल्ब फुल वोल्टेज में जल रहा हो।

आवाज भी बड़ी बुलंद,कर्कश सी, आंखें अजीब सी चमक वाली थी। नागिन फिल्म में दिखाई गई नागिन से भी ज्यादा चमकीली।

वो बुढ़िया की आंखों से अपनी आंखें मिलाना, ज्यादा देर तक गवारा भी नहीं कर पाया। उसे फिर कर्कश आवाज में सुनाई दिया:- "क्या देखे जा रहा है, जल्दी जा कमरे की तरफ, तेरे चक्कर में सूदखोर मनोहर को कुछ पल और मिल गए।

फिर वो उसके पास से, जैसे छलांग जैसी लगाकर सामने वाले मनोहर लाल के घर के दरवाजे के पास तुरंत ही पहुंच गई, और फिर उसने कुछ जायजा सा लिया, और फिर उपर वाले मंजिल की बालकनी पर जैसे उड़ते हुए पहुंच गई, और फिर बालकनी पर उस बुढ़िया की झलक, उसे दिखाई देनी बंद हो गई।

वो ताज्जुब में पड़ गया, कहां गायब हो गई, घर का गली के रास्ते से उपरी मंजिल पर ले जाने वाली सीढ़ीयो वाला दरवाजा भी बंद, बालकनी में भी कोई इस दौरान दरवाजा खुला नहीं था।

उपर वाली मंजिल पर बालकनी पर छलांग लगा कर, कौन किसी के घर में घुसता है, चोर, डकैत हो तो, बात दूसरी हो जाती है। लेकिन ये बुढ़िया इस उम्र में कैसे छलांग, कूद लगाने वाली

चोर, डकैत हो सकती है..

उसके ननिहाल में नानी की उम्र भी इतनी ही है, लेकिन वो तो बस खाट पर ही पड़ी रहती है।

उसे डर अब कुछ ज्यादा सा लगने लगा। वो बिना देखे तेज चलकर अपने वाले घर के पास पहुंचा।

सीढ़ियों के दरवाजे पर लगा ताला कांपते हाथों से खोल ही रहा था कि उसे मनोहर लाल जी के घर से रोने की जोर जोर से आवाजें सुनाई देने लगी।

कुछ ही देर में, मनोहर लाल जी के घर की सभी लाइटे जल उठी। वो भी ताला, कुंडा खोलने की प्रक्रिया को रोककर, मनोहर जी के घर की तरफ गया तो पता चला कि मनोहर जी, जो कि काफी समय से बीमार चल रहे थे ,उनकी चलचली हो गई। उनके घर वाले उनके मृत शरीर को, पहली मंजिल से नीचे वाली मंजिल में लाने का इंतजाम कर रहे थे। कुछ देर बाद एक मुहल्ले के रहने वाले ने बताया कि मुहल्ले के एक और घर में, राम खिलावन का लंबे समय से बीमार चल रहा छोटा भाई भी दुनिया छोड़कर चला गया।

एक ही रात में, गली में दो मौतें हो गई। एक नौजवान और एक अधेड़ की..

उसकी डर के मारे हालत खराब। कमरे में पहुंच कर नागिन फिल्म को भूल कर, बुढ़िया से टकराने, उससे बातों की ही उसके जेहन में, बार बार रील सी चलने लगी।

उसे ये सोच कर थोड़ी तसल्ली तो मिली की उसका समय तो अभी नहीं आया है। कमरे में बिस्तर पर लेटा, किंतु लाइट बंद नहीं की, लेकिन फिर भी उसे नींद नहीं आई।

यमराज के तो यमदूत होते हैं, यहां तो बुढ़िया।

लगता है आजकल यमलोक में औरतों की भी भर्ती की जाने लगी है लेकिन बुढ़िया जैसों की भी।

यहां धरती में तो उसे रिटायर कर दिया जाता।

बढ़िया जो उसे मिली, वो तो असल में वो थी।

उससे जीते हुए, मिल पाना, और मिलने के बाद सांसों का चलना कहां हो पाता है?

अगली सुबह उसने नये कमरे की तलाश शुरु कर दी।

18

मन किस ओर चला तू

देश में छोटी जगहों में, काफी लोग अपने घरों, जगहों, मुहल्लों में कई दशकों से रह रहे हैं, और अपने आस पड़ोस में भी, अमूमन ऐसे ही इतिहास वाले बाशिंदों से घिरे हुए हैं।

जन्म,बचपन, मदहोश जवानी, अधेड़ावस्था, और अब बुढ़ापा भी एक ही जगह।

ये वरिष्ठ से भी, वरिष्ठ नागरिक बन चुके (आजकल की जबान में सीनियर सिटीजन), इन जगहों, घरों को, छोड़ने को तैयार नहीं होते, चाहे दूसरी जगहों को बसेरा बनाने के, कितने भी चमकीले सब्ज बाग इनको दिखा दिए जाए।

शायर जौक की तरह ही कहते रहते हैं

कौन जाए जौक, दिल्ली की गलियां छोड़कर...

इनकी औलादों ने भी, पैदाइश से लेकर, स्कूल, कालेज तक की जिंदगी, मां बाप के साये में, इन जगहों में ही गुजारी होती है।

इसके बाद नौकरी, कारोबार की चाहत, तरक्की की ज़रूरत, शादी उनको इन जगहों से जुदा करवा देती है।

उनके और जगह के बीच, भौतिक दूरी के पैदा होने के बाद भी, जगह में आना जाना, उनका जारी रहता है।

ये आना जाना ,धीरे धीरे, साल में कभी कभी घटने वाली घटना बन जाती है। ये वार्षिक, द्विवार्षिक आना, छोटी सी मियाद

वाला, और अक्सर अकेले ही होता है। उनके हस्बैंड, या वाइफ, सन, डाटर, अपनी बड़े तालाब वाली दुनिया से छोटे तालाबों या दूसरे तालाब की तरफ जाना पसंद जो नहीं करते।

महानगरों में पले, बढ़े इनके बच्चों को छोटे जगहों वाले ननिहाल, ददिहाल में जाना भाता नहीं है। ज्यादा से ज्यादा बच्चे फेशटाइम पर ही नाना नानी/ दादा दादी, से मिलना पसंद करते हैं, या यूं कहिए कि इस तरह से मिलने की खाना पूर्ति कर लेते हैं। उन आभासी मुलाकात के दौरान ये सब कहते हुए कि:- "जल्दी ही दादा दादी/नाना नानी, के पास चक्कर लगाएंगे", जो कि फौरी तौर पर उनके द्वारा पिंड छुड़ाने का, एक तरीका मात्र है ।

कभी साथ में आएंगे भी, तो बहुतेरे ,नखरे दिखाने के बाद, और पहुंचने के तुरंत ही, नहीं तो अगली सुबह, वापसी का कार्यक्रम बना कर, ठान कर आते हैं।

घर वाले भी कुछ समय के बाद उनके न आने, तुरंत आने-जाने पर, या अकेले ही, लेकिन दो सूटकेस के साथ आने पर ,मुंह बिचकाना या कुछ पूछना , या कहना, सुनाना बंद कर देते हैं।

इन सबके विपरीत, जिसने बचपन, शुरुआती नौजवानी इन जगहों में गुजारी है।वे छुट्टियों या किसी और वजह जैसे कि पुरानी जगह में रह रहे परिवार में जन्म मरण, बुजुर्गों या हम उम्रों की शादी की रजत, स्वर्ण जयंती, अगली पीढ़ी में किसी के विवाह पर, पुरानी वादियों में वापस आते हैं।यह आना जिंदगी में शामिल खिजां के कम होने, और जिंदगी के प्रति एक मीठी सी उम्मीद जेहन मे जगाये रखने जैसा रहता है।

मां बाप या पैरेंट्स, के चले जाने के बाद इस आने पर भी विराम सा लग जाता है।

इनके लड़कपन, नौजवानी के समय रिश्तों के मामले में मन को सिकोड़ कर नहीं रखा जाता था। रिश्ते घर, परिवार से बाहर भी, बहुत सारे होते थे।

उन बिना रक्त वाले रिश्तों से अब मिल पाना भी, उनके भीतर पुराने दौर को जगाने, उसे सजीव करने लगता है।

हिंदुस्तान में ऐसे ही एक कस्बा श्यामपुर है, जो वक्त के साथ क्षेत्रफल में फैल गया। इस फैलाव को यूं भी कह सकते हैं कि हजूरेआला मोटापे से ग्रसित हो गए।

जनाब भीड़भाड़ से लबालब हो चुके है। काफी पुरानी पहचानों को ध्वस्त करके, नयी पहचानें खड़ी करवा चुके हैं।

इन सबके बावजूद काफी लोग यहां ऐसे हैं, जो जीना यहां मरना यहां, इसके सिवा जाना कहां, मन में ऐसा ही संकल्प पाले हुए, श्यामपुर की जमीं में ही, आखिरी सांस लेना चाहते हैं।

उनको उन बड़ी बड़ी मैगजीनों, मीडिया चैनलों के सर्वेक्षणों से रत्ती भर भी फर्क नहीं पड़ता, जो पुरजोर तरीके से बताते, दोहराते रहते हैं कि रहने के लिए फलानी जगहें ही इंडिया की बेस्ट हैं।

ये लोग इस तरह की सोच वाली आखिरी पीढ़ी हैं, इनके बाद इन प्रजातियों ने नजर नहीं आना है।

मधुरिमा भी श्यामपुर में अपने घर या पीहर में आ रखी है। वो श्यामपुर को, अपने वर्तमान वाले शहर मुंबई में, अपने फ्रेंड्स के बीच होमटाउन, कहकर बताती, या जिक्र करती है।

मायके या पीहर कहने पर, उसके मुंबई वाले फ्रेंड्स समझने में कुछ समय लेते हैं। उन्हें मायका, पीहर सुनना कूल भी नहीं लगता।

इतने पर तो उसने, उन फ्रेंड्स की मान ली, लेकिन मांग में सिंदूर भरने पर, उनकी राय नहीं मानी। आज भी लगाती चली आ

रही है। उसे सुनाया भी जाता है, इस सिंदूर के लगाने के चलते तुम अपने मेकअप करने वाले लंबे टाइम में और एक्स्ट्रा टाइम जोड़ देती हो, और तुम तो बंगाली भी नहीं हो।

उसे सिंदूर लगाना श्यामपुर में या मायके में साथ रहने वाली चाची ने सिखाया था। चाची उसका अपनी बेटी से भी ज्यादा, वाला ख्याल रखती थी।

चाची मांग में बहुत नफासत के साथ सिंदूर लगाते हुए साथ में यह भी उससे कहती थी कि इसे लगाते समय पति के नाम का ध्यान भी करेगी, तो पति की उम्र ने लंबी हो जाना है।

चाची अब दुनिया का हिस्सा नहीं रह पाई थी। चाचा, चाची के द्वारा मांग में सिंदूर लगाए जाने के चलते ही शायद, खांसी के साथ,बलगम भी उगला, मूत्र, शौच कर बैठे हैं, इन सबसे अनजान रहने वाली अवस्था में पहुंच जाने के बावजूद भी, सांसों को चलायमान रखे हैं।

शादी के शुरुआत के काफी सालों तक उसने चाची वाली बात को ही, सिंदूर लगाते समय धारण रखा।

लेकिन अब सिंदूर लगाते समय,पति का ध्यान तभी आ पाता है, जब कोई जरूरत होती है, और अब ऐसा तो, कभी कभार ही होता है।

मधुरिमा के मां पिताजी दोनों ही जीवित हैं। इकलौता छोटा भाई यू एस में है, और वहां मोटे पैसे या डालर कमा रहा है। घर आता नहीं है, किंतु फोन पर बातें, अमेरिकी लहजे में बहुत मीठी-मीठी सी करता है, दूसरे सिरे पर बैठे को विश्वास दिला देता था कि उनको वो कितना "मिस" कर रहा है, और जल्दी ही उससे मिलने आने ही वाला है। ऐसा होता नहीं था, लेकिन अगली टेलिफोन, व्हाट्सएप्प काल पर, फिर से उसे उन्हें, विश्वास दिला देने में कामयाब रहता था कि पिछली बार तो नहीं, लेकिन इस बार जरूर, और बहुत जल्दी ही इंडिया, घर आना पक्का।

वो मायके या श्यामपुर इस बार भी अकेले आ रखी है। साल में एक चक्कर उसका लगता ही है, एक हफ्ते से लेकर दो हफ्ते वाला।

पहले उसे नाराजगी रहती थी कि ये कभी उसके साथ अपनी ससुराल आने को तैयार नहीं होते। साथ आने में उसके हस्बैंड को मुख्य तकलीफ इस बात से भी रहती थी कि वो किसी कंपनी में उच्चाधिकारी है, इस आइडेंटिटी के बजाय, ससुराल में वो उसके जीवन साथी हैं, ये ही पहचान, यहां के लोगों के मन में बसी हुई है। श्यामपुर वाले उसके हस्बैंड को बार बार ये बतलाने से चूकते भी नहीं थे ।

कौन मर्द दुनिया में होगा जो बीवी के आधार पर पहचाने जाने से खुश रह पाता है।

छोटे शहरों में बेटी के मायके आने पर, शादी से पहले से भी ज्यादा, इज्जत देने का रिवाज है,श्यामपुर में भी ये रिवाज चंगा मंगा है।

इस बार भी पतिदेव साथ नहीं आए। लोगों के द्वारा उससे ये पूछने पर कि वो और संतानें क्यों नहीं आई, उसके अंदर झुंझलाहट पैदा करने लगता था।

इस बार भी कुछ दिन तक ऐसा ही चला।

पिछले वाले और इस वाले फेरे के बीच मायके में एक किरायदार भी रख दिया गया है, जिसके म्यूजिक प्लेयर में अक्सर बजते गानों से उसे कभी कभी दिक्कत भी होती है। मां इस पर कहती हैं:- "तू ससुराल की हो गई है,सुरु स्टेट में है। वक्त बेवक्त हम दोनों बुढढ्ढे, बुढ़िया के, ये ही सबसे पहले काम आता है। चलने दे उसके गाने सुनने को, गाने ही सुनता है, और वो भी पुराने वाले, जो तेरे पापा को भी भाते हैं, और आजकल वालों की तरह कान फोड़ू और बेसिर पैर वाले भी नहीं होते।

मायके में पड़ोस वाले घर में, उसकी तरह ही, बचपन, लड़कपन वाला, हमउम्र आ रखा है।

यहां हस्बैंड, बच्चे, तो पड़ोस वाले की वाइफ, बच्चे साथ नहीं आ रखे।

वो और पड़ोस वाले, बचपन में तो पड़ोसी थे ही, और आजकल भी पड़ोसी बन रखे हैं, एक बहुत लंबे अर्से के बाद।

दोनों में कुछ समानताएं भी हैं। विवाह के बंधन में एक दो साल आगे पीछे शामिल होकर, माता पिता का दर्जा, ओर अधेड़ावस्था को भी प्राप्त कर चुके हैं।

उनकी सोच भी मैच्योर हो चुकी है।अब देखना तन की नहीं, मन की आंखों से भी किया जाता है। देखे जाने का विश्लेषण भी उम्र गुजारने के चलते हासिल, निजी अनुभवों, ठोकरों, सबक के आधार पर ही।

पड़ोस में आ रखा चश्मा लगाने लगा है। बालों की आबादी भी कम हो रखी हैं, बालों की जड़ें भी नजर आती है।बाल काफी सफेद भी।

उससे इस बार पहली बार मिलने के बाद, अगली बार मिलने पर उसने नोटिस किया उसने बालों को डाई करा दिया है।

डाइ का इस्तेमाल करना दोनों की जिंदगी में शामिल हो चुका था।

डाई होना कोई नहीं चाहता, लेकिन बालों पर डाई लगाने से परहेज़ किसी को भी नहीं...

शुरू में दोनों की क्षणिक बातें, मुलाकातें होती रहती हैं। अब दिन में दो तीन बार मुलाकातें होने लगी हैं।

कुछ से ज्यादा, बातें होने लगी हैं। औपचारिकता सिमटने लगती है,कुछ मन वाला सच भी उसके द्वारा ज्यादा, इसके द्वारा कम, कह दिया जाता है।

बीच में उसके मां पिता, दोनों ही हरिद्वार चले गए थे एक आश्रम के एक हफ्ते तक चलने वाले किसी कार्यक्रम के लिए। उन दोनों का मिलना, उस हफ्ते तो काफी गहरा रहा।

उस दौरान कालेज के साथ वाली, श्यामपुर में ही रह रही, उसके साथ की सहेली की बेटी की शादी थी। दोनों ही शादी से पहले, शादी, और शादी के एक दिन बाद वाली रस्मों, में भरपूर शामिल रहे।

घर से बेंकट हाल में आना जाना उसकी गाड़ी में, उसके साथ ही किया गया। वो उसे पार्लर छोड़ने, फिर लेने भी पहुंच गया। शापिंग कराने बहुत भीड़भाड़ वाले पुराने मार्केट में भी ले गया। उसे इशारों के द्वारा, उसे ये भी नहीं कहा कि शापिंग कब खत्म हो रही है, या जल्दी खत्म करो।

ये साथ होते तो खुद उसके साथ चलने से साफ मना करते, बोलते ओला, उबर कर लो, मेरे पास टाइम नहीं है।

भूत में तो शायद ही की हो, किंतु वर्तमान में पड़ोसी,उसकी और ड्रेसिंग सेंस की तारीफ भी घुमा फिरा कर, करता रहा। सहेली की बेटी की शादी से पहले वाली शाम को काकटेल पार्टी रखी गई थी ।उसने लिहाज के चलते उस शाम को कोल्ड ड्रिंक या माकटेल पर ही गुजारा करने का सोच रखा था। मुंबई में तो वो जाम से जाम टकराने में बढ़ चढ़ कर भाग लेती थी ।उसने शादी के बाद ही ये सब शुरू किया था, शुरुआती ना नकुर के बाद अब उसे इस सब में ही सबसे ज्यादा मजा आता था।

लेकिन यहां भी पड़ोसी ने उससे चुपके से हार्ड ड्रिंक के बारे में पूछा, उसने तुरंत ही मना कर दिया । लेकिन वो बार बार उससे पूछता रहा फिर उसे समझाया कि वो किसी से नहीं कहेगा, और किसी को पता भी नहीं चलेगा।स्मैल न आए तो वो इसके लिए अब्सोल्युट वोदका लेकर आएगा। फिर उसने शर्माने , हिचकिचाने

की ऐक्टिंग करते हुए हां कह ही दिया। फिर वो उसे चुपके से, लोगों की नजरों से बचा कर धीरे धीरे से,वोदका के तीन पैग पिला गया। उसकी कैपेसिटी चार की थी, लेकिन मायके में हूं, और पड़ोसी ये न सोचने लगे कि ये तो अच्छी खासी शराबिन है, तीन के बाद ही अपने पीने पर फुल स्टॉप कर दिया। उसे ज्यादा नशा नहीं हुआ था, लेकिन उसने एक्टिंग ऐसी की कि जैसे भारी नशा हो गया हो।

उसके बाद उसने डी जे पर जो डांस किया, उसकी लोगों ने बहुत तारीफ भी की।

पड़ोसी उसे देर रात को घर भी छोड़ कर गया। उसने पैग लगाए, इस पर कोई चर्चा वापसी के दौरान की बातों में नहीं हुई। बस उसने ये ही कहा कि उसके फंक्शन में आज के डांस ने तो श्यामपुर की कालेज गोइंग लड़कियों के भी छक्के छुड़ा दिए।

पड़ोसी को काफी कुछ, वो पुराने वाला दौर याद है। उसके बारे में भी उस वक्त का काफी कुछ बताता रहता है खासकर वो, जो उन दोनों से भी जुड़ा रहा है।

उनके कई दोस्तों, उसकी सहेलियों की बातें भी बताता रहता है, वो भी उसमें अपना कुछ मिलाने लगती है।

रीयूनियन टाइप की बातें भी कर रहा है। स्कूल, कालेज वालों की रीयूनियन ही भला क्यों, मुहल्ले वालों की भी क्यों नहीं, और कहता रहता है उसे भी उसमें जरूर आना ही पड़ेगा। कार्यक्रम की शुरुआत में रिबन उससे ही कटवाया जाएगा। उसे ये सुनकर बहुत अच्छा लगता है।

बहुत ही ध्यान से देखने की कोशिश भी, चोरी चोरी वो करता रहता है। आश्चर्य जताता है कि उसके बाल अभी भी काले हैं।

शायद उसे अंदाजा है कि अच्छी डाई का भी इसके पीछे हाथ हो सकता है, लेकिन वो तो उसे खुश देखना चाहता है, तो ऐसा कह देने से खुद को रोकता नहीं है कि ये सब कुदरत की उस पर विशेष कृपा है।

उसने भी रोज बालों पर नजरें गड़ानी शुरू कर दी कि कहीं से कुछ सफेदी दिखने तो नहीं लगी।

कहता है , यहां कुछ, दायें बांये करके, घुमा करके ही सही, कि उसमें भी कुछ विशेष था, जो उसे अभी तक जिंदगी में किसी और में तो दिखा नहीं।

अच्छा लगता है ये सब कानों में सुनाई पड़ना!

ये सब एकपक्षीय सा भी नहीं है।

कुछ स्पेशल सा उसके द्वारा भी, मायके में पड़ोस में आ रखे के लिए कह दिया जाता है। सुनते ही उसके चेहरे की रंगत में निखार भी आने लगता है, जबकि उसके कहने में थोड़ी सी ही हकीकत, बाकी सारा गढ़ा गया फ़साना।

उससे मिलना, खुशनुमा झोंकों के शरीर के स्पर्श करने का अहसास उसे देने लगता है। वो लेट कर आंखों को छत की तरफ केंद्रित करके उन लम्हों को फिर से भोगने भी लगती है।

वो घर में आ रहा है, ऐसा पता चलने पर, आईने के सामने जाकर खुद को उसे देखना पड़ जाता है। उसकी फेवरेट कलर वाली ड्रेसेज हैं, उनमें से किसी एक को पहनने की तैयारी भी शुरु हो जाती है।

एक बार मां ने भी कह दिया :- “अरे तू तैयार भी हुई, लीपा पोती भी कि लेकिन कहीं बाहर गयी नहीं....”

इन सब के चलते, इस बार मायका कुछ -ज्यादा ही अच्छा लगने लगा।

यहां खुशी इस बात से भी कि खुद के लिए और उसके लिए भी कि – उसके वाला, और उसकी वाली भी- साथ में श्यामपुर नहीं आ रखी।

सोच में उस दौर से पहले के चक्कर ज्यादा लगने शुरु हो जाते हैं, जबकि वो उस शख्स से अनजान थी, जिसके साथ आज

पच्चीस साल से अधिक गुजार चुकी है।

पुराने पन्ने आंखों के आगे फड़फड़ाने लगते है, वो वाला पन्ना भी, जब दिल पहली बार लड़खड़ाया था।

तब कुछ जागा तो था मन में इसके लिए, लेकिन वो जल्दी ही उस दौर के संस्कारों, मां बाप के गुस्से, नाराजगी के अंदेशे में जबरन सुला,दफना दिया गया।

अब उसे लगने लगा है कि बीवी, मां की पहचान के बिना कुछ लम्हों के लिए जीना, बुरी बात तो नहीं।

है जन्नत यही, है मुझको यकीं
अजब सी फ़िज़ा है, अजब ये समां है

आत्मग्लानि सी भी इस पर होने लगती , फिर खुद को ये कहकर समझाना कि ये भटकाव, मनोवस्था शायद,थोड़े समय के लिए ही, और इस सोचे जाने को वो किसी के सामने मानने के लिए तैयार भी नहीं होने वाली।

इतनी समझदार वो हो चुकी है कि चेहरे पर, अंदर वाले को झलकाने से, रोकना जानती है। उसके ख्याल से शादी के बाद उसके टाइम वाली हर लड़की ने इतना सब तो सीखा ही है।

कुछ अपने मन तक ही ठूंस कर रखने वाले राज या बातें होती हैं।

अपराधबोध ज्यादा जगता तो स्वंय से यूं कहने लग जाती:- "प्लीज़ मेरा विश्वास करना ,ये ख्याल मेरी बुरी नीयत का प्रतीक नहीं हैं।मन में बिठा लीजिए कि मैं कोई चरित्र हीन नहीं बनने जा रही हूं।

बस क्या है,मन कभी कभी भागने लगता है ,अनजान सी चाह, प्यास के पीछे।

दुनिया कहती भी है पचास साल के आसपास ही, किसी तरह के प्यार की गिरफ्त में आना बेस्ट रहता है। कभी कुछ पढ़ा

हुआ भी उसे याद आने लगता है कि *कभी तो वो मुझे रंगने आएगा,इसलिए मुठ्ठी में गुलाल भी दबाकर रखती हूं, मुझे उसे लगाना जो होगा।"*

लगता है कि वो, और वो भी, आजकल एक जैसा ही सोच रहे हैं कि इसके साथ भी पच्चीस से ज्यादा साल गुजारे जाते तो बुरा तो बिल्कुल भी नहीं रहता।

नज़र की दुआ का
जवाब आ रहा है
कभी दबा दी गई
मेरी आरज़ू पे
शबाब आ रहा है
खामोशियां भी हैं
इक दास्तां सी
कह रही हैं मुझमें
मोहब्बत जवां है
कहाँ ले चले हो
बता दो मुसाफ़िर
सितारों से भी आगे
ये कैसा जहाँ है

इनसे भी बात हुई तो एक हफ्ता उसे और मायके में रहना पड़ेगा। ये सुनकर वो पहले वाले फेरों की तरह खीझी नहीं कि जिसके साथ मायके से भी ज्यादा वक्त गुजार दिया, वो लेने भी हमेशा की तरह, इस बार भी, मनुहारें करने के बाद ही आएगा।

बरसों बाद अब शायद वो उसे केवल अपने बच्चों की मां के तौर पर ही, अपने जीवन में शामिल रखना चाहता है, ये सोच फिर से उसके भीतर ज्यादा जोर शोर से विचरण करने लगी थी।

चलो वो इस बार भी देर से आ रहे, लेकिन उस पड़ोस वाले ने भी तो वर्क फ्राम होम के नाम पर, अपने श्यामपुर में रहने को और एक्सटेंड कर दिया है।

उसकी वाइफ किसी बचपन की सहेली की बेटी की शादी में कोपनहेगन चली गई है। बताया ये भी कि वो पहली बार अब्रोड गई है।

बचपन और आज भी पड़ोसी बने हुए को, कोई बीमारी सी भी है। कुछ हल्का सा कहता तो है उससे इस बीमारी के बारे में। अगले महीने वाइफ के वापस इंडिया आ जाने पर उसे कुछ टेस्ट भी करवाने हैं उसे श्यामपुर से वापस जाकर। वाइफ को अभी तक इस बारे में कुछ नहीं बता रखा, नहीं तो बेचारी पहली विदेश यात्रा पर जाने से मना ही कर देती।

उसे लगा कि बीमारी के बारे में वाइफ को नहीं बताकर, लेकिन उसे बताकर, अपने लिए उसके मन में करूणा रस पैदा करवाना चाह रहा है। आजकल के कारपोरेट हैल्थ इंडस्ट्री के युग में, ऐज को देखकर डाक्टर मरीज को देखने से पहले ही डाइबिटीज, बीपी, हार्ट इन सबके के लिए टेस्ट लिखना शुरु कर देते हैं।ये बीमारियां तो आजकल इंसान के संगी साथी जैसे ही हैं।इसके साथ भी ऐसा कुछ ही होगा,फ़ालतू में ही ज्यादा परेशान होने का दिखावा कर रहा है, शायद सुहानुभूति पाने के लिए।

वो अपने कमरे में है,उसकी आवाज सुनाई देती है, मतलब वो आ रखा है। वो भी उत्साह में डूबकर जल्दी में जितना बनना संवरना हो सकता है, उसके साथ ही बाजार जाकर खरीदी गई ड्रेस पहनकर के बाद तुरंत ही बैठक में पहुंच जाती हूं। मायके में आज भी ड्राइंग रूम नहीं, बल्कि बैठक ही कहा जाता है।

वो आंटी (मम्मी)को बता रहा है कि उसे अचानक ही जाना पड़ रहा है। चेहरा उसका क्लांत सा है। उससे चुपके से मिलने पर इतना ही कहता है: "मधु , इस बार तुमसे मिल पाना मुझे अपनी स्कूल ,डिग्री कालेज वाली लाइफ में फिर से ले गया, जब अपना, मेरे पास कुछ भी नहीं था, फिर भी बहुत अमीर सा था, आजकल वाले से तो कहीं ज्यादा।इस बार श्यामपुर आने को मैं

कभी नहीं भूलने वाला।"

उसक अलग ही अंदाज में कहे को सुनकर वो अवाक सी रह जाती हूं।

उसे कुछ कह भी नहीं पाती।

फिर कमरे में आती हूं किराएदार के एफएम में बज रहे गाने को सुनने लग जाती हूं।

कश्ती का खामोश सफ़र है,
शाम भी है तनहाई भी
दूर किनारे पर बजती है
लहरों की शहनाई भी
आज मुझे कुछ कहना है
लेकिन ये शर्मीली निगाहें
मुझको इजाज़त दें तो कहूँ
खुद मेरी बेताब उमंगें
थोड़ी फ़ुर्सत दें तो कहूँ
आज मुझे कुछ कहना है
कहते हुए डर सा लगता है,
कह कर बात न खो बैठूँ
ये जो ज़रा सा साथ मिला है,
ये भी साथ न खो बैठूँ

एफ एम पर बज रहे अगले गाने के बोल एक गायिका की आवाज में सुनाई पड़ने लगते हैं.

कब से तुम्हारे रस्ते में मैं
फूल बिछाये बैठी हूँ
कह भी चुको जो कहना है
मैं आस लगाये बैठी हूं
गायक का जवाब सुनाई पड़ता है।

दिल ने दिल की बात समझ ली,
अब मुँह से क्या कहना है
आज नहीं तो कल कह लेंगे,
अब तो साथ, बस ख्यालों में ही रहना है..

अगले दिन उसने भी पापा से जिद करके, उनसे दुकान छुड़वा कर, दिल्ली आकर अपने शहर मुंबई के लिए फ्लाइट पकड़ कर फ्लैट में वापसी कर, पच्चीस साल से ज्यादा वाली दिनचर्या के रुटीन चक्रव्यूह में पुनः: प्रवेश कर लिया।

गुजरे पिछले दिनों पर उसे भारी आत्मग्लानि सी भी हुई। मानने लग गई कि उस सितारों के आगे वाले जहां से, कहीं बेहतर,अपनी वाली इस दुनिया में ही टिका, जमे रहना ठीक ।

उसने व्हाट्सअप पर कोशिश की मधु से बात करने की लेकिन वो जवाब देने में कोताही करती रही। कुछ कोशिशों के बाद वो सिलसिला थम, रुक सा गया।

मायके भी गई, लेकिन उस समय नहीं,जब सभी आते हैं।

तकरीबन चार साल बाद खबर मिलती है कि वो चला गया है कैंसर के चलते। उसकी काल भी आई थी पंद्रह दिन पहले, लेकिन रिसीव नहीं कर पाई थी।

उसने गिल्टी फील करने से बचना जो था।

वैसे उसे उत्कर्ष की शादी में बुलाने का और उसके लिए खुद फोन करने का भी, उसने सोच रखा था।

आज उसे खूब रोना तो जरुर है, सिंदूर लगाने से भी बचना है।मायके ,ससुराल से कोई नहीं गया है, बस मायके की एक याद

चली गई है ..

कुछ चीजें वापस नहीं आती...
ना उनके लिए हिचकियां आती हैं,
दस्तकें भी नहीं सुनाई पड़ती
कभी दरवाजे की झिर्री
से कुछ आता है
और फिर दिल एक उड़ान
भरना चाहता है

www.ingramcontent.com/pod-product-compliance
Lightning Source LLC
LaVergne TN
LVHW090409210926
848480LV00002B/511
* 9 7 9 8 9 0 5 4 0 1 1 4 5 *